Périclès; ⅂

William Shakespeare

(Translator: François Guizot)

Alpha Editions

This edition published in 2023

ISBN : 9789357931298

Design and Setting By
Alpha Editions
www.alphaedis.com
Email - info@alphaedis.com

Contents

NOTICE SUR PÉRICLÈS..- 1 -

ACTE PREMIER...- 3 -

   SCÈNE I ....- 3 -

   SCÈNE II ....- 7 -

   SCÈNE III ....- 10 -

   SCÈNE IV ....- 11 -

ACTE DEUXIÈME ....- 14 -

   SCÈNE I ....- 14 -

   SCÈNE II ....- 19 -

   SCÈNE III ....- 21 -

   SCÈNE IV ....- 24 -

   SCÈNE V ....- 25 -

ACTE TROISIÈME ....- 28 -

   SCÈNE I ....- 29 -

   SCÈNE II ....- 31 -

   SCÈNE III ....- 34 -

   SCÈNE IV ....- 35 -

ACTE QUATRIÈME ....- 36 -

   SCÈNE I ....- 37 -

   SCÈNE II ....- 39 -

   SCÈNE III ....- 39 -

   SCÈNE IV ....- 44 -

   SCÈNE V ....- 46 -

   SCÈNE VI ....- 47 -

ACTE CINQUIÈME ....- 52 -

SCÈNE I ....- 52 -
SCÈNE II..- 58 -
SCÈNE III ....- 59 -

NOTICE SUR PÉRICLÈS

Si cette étrange tragédie doit être rangée parmi les productions de Shakspeare[1], il est incontestable qu'elle appartient, et à la jeunesse du poëte, et à l'enfance de l'art. Malone ne croit pas qu'il existe en anglais une pièce plus incorrecte, plus défectueuse, et par la versification, et par l'invraisemblance du plan général. Le héros, vrai coureur d'aventures, voyage continuellement. Un acte entier se passe dans un mauvais lieu, etc., etc.; il est même une scène qui indigne tellement un commentateur (je crois que c'est Steevens), qu'il déclare qu'un des personnages mériterait le fouet, et que l'autre, tout roi qu'il est, devrait être renvoyé dans les coulisses à coups de pied. Il est nécessaire cependant pour l'histoire de l'art de faire connaître ses premiers efforts, et, pour l'histoire du goût, d'apprécier ces ébauches informes qui étaient applaudies chaque soir, dans leur temps, et imprimées in-4°, comme *Périclès*, avec le titre d'*admirable tragédie*. On se demandera peut-être aussi comment, dans ces époques arriérées où une grange servait souvent de salle, on pouvait représenter des pièces d'une exécution aussi difficile que *Périclès*, dont la plus grande partie du dernier acte se passe en pleine mer et sur des vaisseaux. Les machinistes de notre opéra moderne seraient peut-être eux-mêmes embarrassés pour figurer la scène où le développement de l'action transporte ses personnages. Il faut croire que l'imagination complaisante du spectateur se prêtait à la licence du poëte, et voyait sur le théâtre ce qui n'y existait pas: mer, vaisseaux, palais, forêts, etc.

Note 1: Le docteur Malone, qui avait d'abord été d'un avis contraire, avoue que M. Steevens a eu raison de maintenir que *Périclès* a été seulement revu et corrigé par Shakspeare. Plusieurs scènes entières sont évidemment de lui.

L'histoire sur laquelle est fondée la tragédie de *Périclès*, dit Malone, auquel nous empruntons ces détails, est d'une antiquité reculée; on la trouve dans un livre jadis très-populaire, intitulé *Gesta Romanorum*, écrit, à ce qu'on suppose, il y a plus de cinq cents ans; elle est également racontée par le vieux Gower, dans sa *Confessio amantis*, livre VIII. Il existe en français un ancien roman sur le même sujet, intitulé *le roi Apollyn de Thyr*, par Robert Copland. Mais puisque l'auteur de *Périclès* a introduit Gower dans sa pièce, il est tout naturel de penser qu'il a suivi surtout l'ouvrage de ce poëte dont il a même évidemment emprunté plusieurs expressions.

Steevens cite plusieurs autres histoires de Périclès, tantôt appelé roi, tantôt prince, et plus souvent Apollonius que Périclès: nous ne donnerons que les titres de trois traductions françaises, en faisant observer qu'une histoire si populaire se recommandait d'elle-même aux poëtes dramatiques.

1° *La chronique d'Apollyn, roy de Thyr*, in-4°. Genève, sans date.

2° *Plaisante et agréable histoire d'Apollonius, prince de Tyr, en Afrique, et roi d'Antioche, traduit par Gilles Corozet*, in-8°, Paris, 1530.

3° Dans le septième volume des *Histoires tragiques* de François Belleforêt: *Accidents divers advenus à Apollonie, roy des Tyriens; ses malheurs sur mer, ses pertes de femme et fille, et la fin heureuse de tous ensemble.*

PERSONNAGES

ANTIOCHUS, roi d'Antioche.
PÉRICLÈS, prince de Tyr.
HÉLICANUS, | seigneurs de Tyr.
ESCANÈS, |
SIMONIDE, roi de Pentapolis[2].
CLÉON, gouverneur de Tharse.
LYSIMAQUE, gouverneur de Mitylène.
CÉRIMON, seigneur d'Éphèse.
THALIARD, seigneur d'Antioche.
PHILÉMON, valet de Cérimon.
LÉONIN, valet de Dionysa.
UN MARÉCHAL.
UN ENTREMETTEUR et SA FEMME.
BOULT, leur valet.
GOWER, personnage du choeur.
LA FILLE D'ANTIOCHUS.
THAISA, fille de Simonide.
DIONYSA, femme de Cléon.
MARINA, fille de Périclès et de Thaïsa.
LYCHORIDA, nourrice de Marina.
DIANA.

Note 2: Ville imaginaire.

ACTE PREMIER

Devant le palais d'Antiochus.--Des têtes sont disposées sur les remparts.

Entre GOWER.

GOWER.--Le vieux Gower renaît de ses cendres pour répéter une ancienne histoire; se soumettant de nouveau aux infirmités de l'homme pour charmer vos oreilles, et amuser vos yeux. Ce sujet fut jadis chanté la veille des fêtes: des seigneurs et des dames le lisaient alors comme récréation: son but est de rendre le monde plus vertueux; *et quo antiquius eo metius.* Si vous, qui êtes nés dans ces temps modernes où l'esprit est plus cultivé, vous acceptiez mes vers, si le chant d'un vieillard pouvait vous donner quelque plaisir, je désirerais jouir encore de la vie pour la consumer pour vous, comme la flamme d'une torche.

La ville que vous voyez fut bâtie par Antiochus le Grand, pour être sa capitale; c'est la plus belle cité de la Syrie. (Je répète ce que dit mon auteur.) Ce monarque prit une épouse qui en mourant laissa une fille si aimable, si gracieuse, et si belle, qu'il semblait que le ciel l'eût comblée de tous ses dons. Le père conçut de l'amour pour elle, et la provoqua à l'inceste. Père coupable! engager son enfant à faire le mal, c'est ce que nul ne devrait faire. La longue habitude leur persuada que ce qu'ils avaient commencé n'était pas un péché. La beauté de cette fille criminelle fit accourir plusieurs princes pour la demander en mariage et jouir de ses charmes. Pour la garder et éloigner d'elle les autres hommes, le père déclara, par une loi, que celui qui la voudrait pour sa femme devinerait une énigme sous peine de la vie. Plusieurs prétendants moururent pour elle, comme l'attestent les têtes exposées à vos regards: ce qui suit va être soumis au jugement de vos yeux, et je leur demande de l'indulgence pour ce spectacle.

(Il sort.)

SCÈNE I

Antioche.--Appartement du palais.

ANTIOCHUS *entre avec* PÉRICLÈS *et sa suite.*

ANTIOCHUS.--Jeune prince de Tyr, vous êtes instruit du danger de ce que vous osez entreprendre.

PÉRICLÈS.--Oui, Antiochus, et mon âme, enhardie par la gloire qui l'attend, compte pour rien la mort que je risque.

(Musique.)

ANTIOCHUS.--Amenez notre fille, parée comme une fiancée, et digne des embrassements de Jupiter lui-même. A sa naissance (où présida Lucine), la nature la combla de ses dons; et toutes les planètes s'assemblèrent pour réunir en elle leurs différentes perfections.

(Entre la fille d'Antiochus.)

PÉRICLÈS.--Voyez-la venir, parée comme le printemps. Les grâces sont ses sujettes, et sa pensée, reine des vertus, dispense la gloire aux mortels. Son visage est le livre des louanges, où l'on ne lit que de rares plaisirs, comme si le chagrin en était expulsé pour toujours, et que la colère farouche ne pût jamais être la compagne de sa douceur. O vous, dieux qui me créâtes homme et sujet de l'amour, vous qui avez allumé dans mon sein le désir de goûter le fruit de cet arbre céleste ou de mourir dans l'aventure, soyez mes soutiens; fils et serviteur de vos volontés, que je puisse obtenir cette félicité infinie.

ANTIOCHUS.--Prince Périclès....

PÉRICLÈS.--Qui voudrais être fils du grand Antiochus.

ANTIOCHUS.--Devant toi est cette belle Hespéride avec ses fruits d'or qu'il est dangereux de toucher, car des dragons qui donnent la mort sont là pour t'effrayer. Son visage, comme le ciel, t'invite à contempler une gloire inestimable à laquelle le mérite seul peut prétendre, tandis que tout ton corps doit mourir par l'imprudence de ton oeil, si le mérite te manque. Ces princes jadis fameux, amenés ici comme toi par la renommée, et rendus hardis par le désir, avec leur langue muette et leurs pâles visages qui n'ont d'autres linceuls que ce champ d'étoiles, t'avertissent qu'ils ont péri martyrs dans la guerre de Cupidon. Leurs joues mortes te dissuadent de te jeter dans le piège inévitable de la mort.

PÉRICLÈS.--Antiochus, je te remercie: tu as appris à ma nature mortelle à se connaître et tu prépares mon corps à ce qu'il sera un jour, par la vue de ces objets hideux. Car le souvenir de la mort devrait être comme un miroir qui nous fait voir que la vie n'est qu'un souffle: s'y fier est une erreur. Je ferai donc mon testament; et comme font ces malades qui connaissent le monde, voient le ciel, mais qui, sentant la douleur, ne tiennent plus comme autrefois aux plaisirs de ce monde. Je te lègue donc une heureuse paix à toi et à tous les hommes vertueux, comme devraient l'être tous les princes: je laisse mes richesses à la terre d'où elles sont sorties.--Et à vous (*à la fille d'Antiochus*) la pure flamme de mon amour.--Ainsi préparé au voyage de la vie ou de la mort, j'attends le coup fatal, Antiochus, et je méprise tous tes avis.

ANTIOCHUS.--Lis donc cette énigme: si tu ne l'expliques pas, la loi veut que tu périsses comme ceux qui sont devant toi.

LA FILLE D'ANTIOCHUS.--En tout, sauf en cela, puisses-tu être heureux! En tout, sauf en cela, je te souhaite du bonheur.

PÉRICLÈS.--Comme un vaillant champion, j'entre dans la lice, et je ne demande conseil qu'à ma fidélité et à mon courage.

(Il lit l'énigme.)

Je ne suis pas une vipère, et cependant je me nourris

De la chair de la mère qui m'engendra:

Je cherchai un époux, et dans ma recherche

Je le trouvai dans un père.

Il est père, fils et tendre époux;

Moi, je suis mère, femme, et cependant sa fille.

Comment toutes ces choses peuvent-elles être en deux personnes?

Si tu veux vivre, devine-le.

Triste alternative de cette dernière ligne! Mais, ô vous, puissances qui avez donné au ciel d'innombrables yeux pour voir les actions des hommes, pourquoi n'obscurcissent-ils pas sans cesse leurs regards, si ce que je viens de lire en pâlissant est véritable? (*Il prend la main de la princesse.*) Beau cristal de lumière, je vous aimais et vous aimerais encore si cette noble cassette ne contenait pas le crime; mais je dois vous dire.....--Ah! mes pensées se révoltent, car il n'est pas honnête homme celui qui, sachant que le crime est en dedans, touche la porte. Vous êtes une belle viole, et vos sens en sont les cordes. Touchée par une main légitime, votre harmonie ferait abaisser les cieux et rendrait les dieux attentifs. Mais touchée avant votre temps, c'est l'enfer seul que vos sons discordants réjouissent.--En bonne conscience... je renonce à vous.

ANTIOCHUS.--Prince Périclès, ne la touchez pas, sous peine de perdre la vie. C'est un point aussi dangereux pour vous que le reste. D'après notre loi, votre temps est expiré: ou devinez, ou subissez votre sentence.

PÉRICLÈS.--Grand roi, peu de personnes aiment à entendre citer les crimes qu'ils aiment à commettre; ce serait vous outrager que de m'expliquer davantage. Celui qui a le registre de tout ce que font les monarques agit plus sûrement en le tenant fermé qu'ouvert. Là, le vice qu'on dénonce est comme le vent errant, qui, pour se répandre au loin, jette de la poussière aux yeux des hommes, et la fin de cela c'est que le vent passe, et que la vue malade s'éclaircit. Arrêter le vent leur serait funeste. La taupe aveugle pousse des monticules arrondis vers le ciel, pour dire que la terre est opprimée par les crimes de l'homme; le pauvre animal est puni de mort pour cela. Les rois sont les dieux de la terre. Dans le vice, leur volonté est leur loi. Si Jupiter s'égare, qui osera dire que Jupiter fait le mal? Il suffit que vous sachiez... Et il convient d'étouffer ce qui deviendrait pire encore, si on le connaissait. Chacun aime le sein qui le nourrit; permettez à ma langue d'aimer ma tête.

ANTIOCHUS, à *part*.--Que n'ai-je sa tête en mon pouvoir? Il a trouvé le sens de l'énigme.--Mais je vais user de ruse avec lui. (*Haut.*) Jeune prince de Tyr, quoique, par la teneur de notre édit sévère, votre explication étant fausse, nous puissions procéder à votre supplice, cependant l'espérance que nous inspire votre belle jeunesse nous fait prendre une autre résolution. Nous vous accordons encore quarante jours de répit. Si au bout de ce terme notre secret est connu, cette clémence prouvera le plaisir que nous aurons à vous agréer pour notre fils. Jusqu'alors vous serez traité comme il convient à notre honneur et à votre mérite.

(Antiochus sort avec sa fille et sa suite.)

PÉRICLÈS.--Comme la courtoisie voudrait déguiser le crime! Tout ce que je vois n'est que l'acte d'un hypocrite qui n'a de bon que ce qu'il laisse voir au dehors. S'il était vrai que j'eusse mal interprété l'énigme, tu ne serais pas assez coupable pour te livrer à l'inceste: tandis que tu es à la fois un père et un fils par ton coupable commerce avec ton enfant qui devait faire la joie d'un époux et non d'un père, ta fille ne serait pas condamnée à dévorer la chair de sa mère, en souillant la couche maternelle. Ils sont comme deux serpents qui, en se nourrissant des plus douces fleurs, n'en retirent que venin. Antiochus, adieu! La sagesse me dit que ceux qui ne rougissent pas d'actions plus noires que la nuit ne négligeront rien pour les dérober à la lumière! Un crime, je le sais, en provoque un autre. Le meurtre suit de près la luxure, comme la flamme la fumée. Le crime tient dans sa main la trahison, le poison et un bouclier pour écarter la honte. De peur que ma vie ne soit sacrifiée à votre honneur, je veux éviter le danger par la fuite.

(Il sort.)

(Antiochus rentre.)

ANTIOCHUS.--Il a trouvé le mot de l'énigme, il trouvera la mort. Il ne faut pas le laisser vivre pour proclamer mon infamie et pour dire au monde le crime révoltant qu'a commis Antiochus. Que ce prince meure donc, et que sa mort sauve mon honneur. Holà! quelqu'un!

(Thaliard entre.)

THALIARD.--Votre Majesté m'appelle-t-elle?

ANTIOCHUS.--Thaliard, tu es de ma maison et le confident des secrets de mon coeur: ta fidélité fera ton avancement.--Thaliard, voici du poison et voici de l'or; nous haïssons le prince de Tyr, et tu dois le tuer. Il ne t'appartient pas de demander le motif de cet ordre. Dis-moi, cela suffit-il?

THALIARD.--Sire, cela suffit.

(Entre un messager.)

ANTIOCHUS.--Un instant! reprends haleine, et dis-nous pourquoi tu te hâtes tant.

LE MESSAGER.--Sire, le prince Périclès a pris la fuite.

(Il sort.)

ANTIOCHUS.--Si tu veux vivre, vole après lui, et, comme un trait lancé par un archer habile, atteins le but que ton oeil a visé. Ne reviens que pour nous dire: Le prince Périclès est mort.

THALIARD.--Seigneur, si je puis le voir seulement à la portée de mon pistolet, je le tiens pour mort. Adieu donc.

(Il sort.)

ANTIOCHUS.--Thaliard, adieu; jusqu'à ce que Périclès soit mort, mon coeur ne pourra secourir ma tête.

(Il sort.)

SCÈNE II

Tyr.--Un appartement du palais.

PÉRICLÈS, HÉLICANUS *et autres seigneurs.*

PÉRICLÈS.--Que personne ne nous interrompe. Pourquoi ce poids accablant de pensées? Triste compagne, la sombre mélancolie est chez moi une chose si habituelle qu'il n'est aucune heure du glorieux jour ou de la nuit paisible (tombe où devrait dormir tout chagrin) qui puisse m'apporter le repos. Ici les plaisirs courtisent mes yeux, et mes yeux les évitent, et le danger que je craignais est près d'Antiochus dont le bras semble trop court pour m'atteindre ici. Ni le plaisir ne peut ici charmer mon âme, ni l'éloignement du péril ne peut me consoler. Telles sont ces passions qui, nées d'une fatale terreur, sont entretenues par l'inquiétude. Ce qui n'était jadis qu'une crainte de ce qui pouvait arriver s'est changé en précaution contre ce qui peut arriver encore. Voilà ma position. Le grand Antiochus (contre lequel je ne puis lutter, puisque vouloir et agir sont pour lui même chose) croira que je parlerai lors même que je lui jurerai de garder le silence. Il ne me servira guère de lui dire que je l'honore, s'il soupçonne que je puis le déshonorer; il fera tout pour étouffer la voix qui pourrait le faire rougir; il couvrira la contrée de troupes ennemies et déploiera un si terrible appareil de guerre que mes États perdront tout courage; mes soldats seront vaincus avant de combattre, et mes sujets punis d'une offense qu'ils n'ont pas commise. C'est mon inquiétude pour eux et non une crainte égoïste (je ne suis que comme la cime des arbres qui protège les racines qui l'avoisinent), qui fait languir mon corps et mon âme. Je suis puni même avant qu'Antiochus m'ait attaqué.

PREMIER SEIGNEUR.--Que la joie et le bonheur consolent votre auguste coeur.

SECOND SEIGNEUR.--Conservez la paix dans votre coeur jusqu'à votre retour.

HÉLICANUS.--Silence, silence, seigneurs, et laissez parler l'expérience. Ils abusent le roi, ceux qui le flattent. La flatterie est le soufflet qui enfle le crime. Celui qu'on flatte n'est qu'une étincelle à laquelle le souffle de la flatterie donne la chaleur et la flamme, tandis que les remontrances respectueuses conviennent aux rois; car ils sont hommes, et peuvent se tromper. Quand le seigneur Câlin vous annonce la paix il vous flatte, et déclare la guerre à votre roi. Prince, pardonnez-moi, ou flattez-moi si vous voulez, mais je ne puis me mettre beaucoup plus bas que mes genoux.

PÉRICLÈS.--Laissez-nous tous; mais allez visiter le port pour examiner nos vaisseaux et nos munitions, et puis revenez. (*Les seigneurs sortent.*)--Hélicanus, toi, tu m'as ému. Que vois-tu sur mon front?

HÉLICANUS.--Un air chagrin, seigneur redoutable.

PÉRICLÈS.--Si le front courroucé des princes est si redouté, comment as-tu osé allumer la colère sur le mien?

HÉLICANUS.--Comment les plantes osent-elles regarder le ciel qui les nourrit?

PÉRICLÈS.--Tu sais que je suis maître de ta vie.

HÉLICANUS, *fléchissant le genou.*--J'ai moi-même aiguisé la hache, vous n'avez plus qu'à frapper.

PÉRICLÈS.--Lève-toi; je t'en prie, lève-toi; assieds-toi. Tu n'es pas un flatteur, je t'en remercie; et que le ciel préserve les rois de fermer l'oreille à ceux qui leur révèlent leurs fautes. Digne conseiller et serviteur d'un prince, toi qui, par ta sagesse, rends le prince sujet, que veux-tu que je fasse?

HÉLICANUS.--Supportez avec patience les maux que vous vous attirez vous-même.

PÉRICLÈS.--Tu parles comme un médecin. Hélicanus, tu me donnes une potion que tu tremblerais de recevoir toi-même. Écoute-moi donc: je fus à Antioche, où, comme tu sais, au péril de ma vie, je cherchais une beauté célèbre qui pût me donner une postérité, cette arme des princes qui fait la joie des sujets. Son visage fut pour mes yeux au-dessus de toutes les merveilles; le reste, écoute bien, était aussi noir que l'inceste. Je découvris le sens d'une énigme qui faisait la honte du père coupable; mais celui-ci feignit de me flatter au lieu de me menacer. Tu sais qu'il est temps de craindre quand les tyrans semblent vous caresser. Cette crainte m'assaillit tellement que je pris la fuite à la faveur du manteau de la nuit qui me protégea. Arrivé ici, je songeais à ce qui s'était passé, à ce qui pourrait s'ensuivre. Je connaissais Antiochus pour un tyran; et les craintes des tyrans, au lieu de diminuer, augmentent plus vite que leurs années. Et s'il venait à soupçonner (ce qu'il soupçonne sans doute) que je puis apprendre au monde combien de nobles princes ont péri pour le secret de son lit incestueux, afin de se débarrasser de ce soupçon, Antiochus couvrirait cette contrée de soldats, sous prétexte de l'outrage que je lui ai fait; et tous mes sujets, victimes de mon offense, si c'en est une, éprouveraient les coups de la guerre qui n'épargne pas l'innocence: cette tendresse pour tous les miens (et tu es du nombre, toi qui me blâmes)....

HÉLICANUS.--Hélas! seigneur.

PÉRICLÈS.--Voilà ce qui bannit le sommeil de mes yeux, le sang de mon visage; voilà ce qui remplit mon coeur d'inquiétudes, quand je pense aux moyens d'arrêter cette tempête avant qu'elle éclate. Ayant peu d'espoir de prévenir ces malheurs, je croyais que le coeur d'un prince devait les pleurer.

HÉLICANUS.--Eh bien! seigneur, puisque vous m'avez permis de parler, je vous parlerai franchement. Vous craignez Antiochus, et vous n'avez pas tort; on peut craindre un tyran qui, soit par une guerre ouverte ou une trahison cachée, attentera à votre vie. C'est pourquoi, seigneur, voyagez pendant quelque temps, jusqu'à ce que sa rage et sa colère soient oubliées, ou que le destin ait tranché le fil de ses jours. Laissez-nous vos ordres: si vous m'en donnez, le jour ne sert pas plus fidèlement la lumière que je vous servirai.

PÉRICLÈS.--Je ne doute pas de ta foi; mais s'il voulait empiéter sur mes droits en mon absence?

HÉLICANUS.--Nous verserons notre sang sur la terre qui nous donna naissance.

PÉRICLÈS.--Tyr, adieu donc; et je me rends à Tharse, j'y recevrai de tes nouvelles et je me conduirai d'après tes lettres. Je te confie le soin que j'ai toujours eu et que j'ai encore de mes sujets: ta sagesse est assez puissante pour t'en charger, je compte sur ta parole, je ne te demande pas un serment. Celui qui ne craint pas d'en violer un en violera bientôt deux. Mais, dans nos différentes sphères, nous vivrons avec tant de sincérité, que le temps ne donnera par nous aucune preuve nouvelle de cette double vérité. Tu t'es montré sujet loyal, et moi bon prince.

(Ils sortent.)

SCÈNE III

Tyr.--Un vestibule du palais.

Entre THALIARD.

THALIARD.--Voici donc Tyr et la cour. C'est ici qu'il me faut tuer le roi Périclès; et si j'y manque, je suis sûr d'être tué à mon retour. C'est dangereux. Allons, je m'aperçois qu'il fut sage et prudent, celui qui, invité à demander ce qu'il voudrait à un roi, lui demanda de n'être admis à la confidence d'aucun de ses secrets. Je vois bien qu'il avait raison; car si un roi dit à un homme d'être un coquin, il est obligé de l'être par son serment. Silence. Voici les seigneurs de Tyr.

(Hélicanus entre avec Escanès et autres seigneurs.)

HÉLICANUS.--Vous n'avez pas le choix, mes pairs de Tyr, de faire d'autres questions sur le départ de votre roi. Cette commission, marquée de son sceau, qu'il m'a laissée, dit assez qu'il est parti pour un voyage.

THALIARD, *à part.*--Quoi! le roi est parti?

HÉLICANUS.--Si vous voulez en savoir davantage, comme il est parti sans prendre congé de vous, je vous donnerai quelques éclaircissements. Étant à Antioche...

THALIARD, *à part.*--Que dit-il d'Antioche?

HÉLICANUS.--Le roi Antiochus (j'ignore pourquoi) prit de l'ombrage contre lui, ou du moins Périclès le crut; et, craignant de s'être trompé ou d'avoir commis quelque faute, il a voulu montrer ses regrets en se punissant lui-même, et il s'est mis sur un vaisseau où sa vie est menacée à chaque minute.

THALIARD, *à part*.--Allons, je vois que je ne serai pas pendu, quand je le voudrais; mais, puisqu'il est parti, le roi sera charmé qu'il ait échappé aux dangers de la terre pour périr sur mer.--Présentons-nous.--Salut aux seigneurs de Tyr.

HÉLICANUS.--Le seigneur Thaliard est le bienvenu de la part d'Antiochus.

THALIARD.--Je suis chargé par lui d'un message pour le prince Périclès; mais depuis mon arrivée, ayant appris que votre maître est parti pour de lointains voyages, mon message doit retourner là d'où il est venu.

HÉLICANUS.--Nous n'avons aucune raison pour vous le demander, puisqu'il est adressé à notre maître et non à nous; cependant, avant de vous laisser partir, nous désirons vous fêter à Tyr, comme ami d'Antiochus.

(Ils sortent.)

SCÈNE IV

Tharse.--Appartement dans la maison du gouverneur.

CLÉON *entre avec* DIONYSA *et une suite.*

CLÉON.--Ma Dionysa, nous reposerons-nous ici pour essayer, par le récit des malheurs des autres, d'oublier les nôtres?

DIONYSA.--Ce serait souffler le feu dans l'espoir de l'éteindre; car celui qui abat les collines trop hautes ne fait qu'en élever de plus hautes encore. O mon malheureux père! telles sont nos douleurs: ici, nous ne ferons que les sentir et les voir avec des yeux humides; semblables à des arbres, si on les émonde, elles croissent davantage.

CLÉON.--O Dionysa! quel est celui qui a besoin de nourriture, et qui ne le dit pas? Peut-on cacher sa faim jusqu'à ce qu'on en meure? Nos langues et nos chagrins font retentir notre douleur jusque dans les airs, nos yeux pleurent jusqu'à ce que nos poumons fassent entendre un son plus bruyant encore, afin que, si les cieux dorment pendant que leurs créatures sont dans la peine, ils puissent être appelés à leur secours. Je parlerai donc de nos anciennes infortunes; et quand les paroles me manqueront, aide-moi de tes larmes.

DIONYSA.--Je ferai de mon mieux, ô mon père!

CLÉON.--Tharse, que je gouverne, cette cité sur laquelle l'abondance versait tous ses dons; cette cité, dont les richesses se répandaient par les rues, dont les tours allaient embrasser les nuages; cette cité, l'étonnement continuel des étrangers, dont les habitants étaient si parés de bijoux, qu'ils pouvaient se servir de miroir les uns aux autres; car leurs tables étaient servies moins pour satisfaire la faim que le coup d'oeil, toute pauvreté était méprisée, et l'orgueil si grand que le nom d'aumône était devenu odieux...

DIONYSA.--Cela est trop vrai.

CLÉON.--Mais voyez ce que peuvent les dieux! Ces palais délicats, que naguère la terre, la mer et l'air ne pouvaient contenter malgré l'abondance de leurs dons, sont maintenant privés de tout; ces palais, qui, il y a deux printemps, avaient besoin d'inventions pour charmer leur goût, seraient aujourd'hui heureux d'obtenir le morceau de pain qu'ils mendient. Ces mères, qui, pour amuser leurs enfants, ne croyaient pas qu'il y eût rien d'assez rare, sont prêtes maintenant à dévorer ces petits êtres chéris qu'elles aimaient. Les dents de la faim sont si cruelles, que l'homme et la femme tirent au sort pour savoir qui des deux mourra le premier pour prolonger la vie de l'autre. Ici pleure un époux, et là sa compagne; on voit tomber des foules entières, sans avoir la force de leur creuser un tombeau. N'est-ce pas la vérité?

DIONYSA.--Notre pâleur et nos yeux enfoncés l'attestent.

CLÉON.--Que les villes qui se désaltèrent à la coupe de l'abondance, et à qui elle prodigue les prospérités, écoutent nos plaintes au milieu de leurs banquets! le malheur de Tharse peut être un jour leur partage.

(Un seigneur entre.)

LE SEIGNEUR.--Où est le gouverneur?

CLÉON.--Ici. Déclare-nous les chagrins qui t'amènent ici avec tant de hâte; car l'espérance est trop loin pour que ce soit elle que nous attendions.

LE SEIGNEUR.--Nous avons signalé sur la plage voisine une flotte qui fait voile ici.

CLÉON.--Je m'en doutais: un malheur ne vient jamais sans amener un héritier prêt à lui succéder. Quelque nation voisine, prenant avantage de notre misère, a armé ces vaisseaux pour nous vaincre, abattus comme déjà nous le sommes, et faire de nous sa conquête sans se soucier du peu de gloire qu'elle en recueillera.

LE SEIGNEUR.--Ce n'est pas ce qu'il faut craindre; car leurs pavillons blancs déployés annoncent la paix, et nous promettent plutôt des sauveurs que des ennemis.

CLÉON.--Tu parles comme quelqu'un qui ignore que l'apparence la plus flatteuse est aussi la plus trompeuse. Mais advienne que pourra; qu'avons-nous à craindre? la tombe est basse et nous en sommes à moitié chemin. Va dire au commandant de cette flotte que nous l'attendons ici pour savoir ce qu'il veut faire, d'où il vient, et ce qu'il veut.

LE SEIGNEUR.--J'y cours, seigneur.

(Il sort.)

CLÉON.--Que la paix soit la bienvenue, si c'est la paix qu'il nous apporte; si c'est la guerre, nous sommes hors d'état de résister.

(Entre Périclès avec sa suite.)

PÉRICLÈS.--Seigneur gouverneur, car c'est votre titre, nous a-t-on dit; que nos vaisseaux et nos guerriers ne soient pas comme un signal allumé qui épouvante vos yeux. Le bruit de vos malheurs est venu jusqu'à Tyr, et nous avons appris la désolation de votre ville: nous ne venons point ajouter à vos larmes, mais les tarir; et nos vaisseaux, que vous pourriez croire remplis comme le cheval de Troie, de combattants prêts à tout détruire, ne sont pleins que de blé pour vous procurer du pain, et rendre la vie à vos corps épuisés par la famine.

TOUS.--Que les dieux de la Grèce vous protègent, nous prierons pour vous.

PÉRICLÈS.--Relevez-vous, je vous prie; nous ne demandons point vos respects, mais votre amour, et un port pour nous, nos navires et notre suite.

CLÉON.--Si ce que vous demandez vous était jamais refusé, si jamais quelqu'un de nous était seulement ingrat en pensée, quand ce seraient nos femmes, nos enfants, ou nous-mêmes, que la malédiction du ciel et des hommes les punisse de leur lâcheté! mais jamais pareille chose n'aura lieu; jusque-là du moins, vous êtes le bienvenu dans notre ville et dans nos maisons.

PÉRICLÈS.--Nous acceptons ce bon accueil; passons ici quelque temps dans les fêtes jusqu'à ce que nos étoiles daignent nous sourire de nouveau.

FIN DU PREMIER ACTE.

ACTE DEUXIÈME

Entre GOWER.

GOWER.--Vous venez de voir un puissant roi entraîner sa fille à l'inceste, et un autre prince meilleur et plus vertueux se rendre respectable par ses actions et ses paroles. Tranquillisez-vous donc, jusqu'à ce qu'il ait échappé à la nécessité. Je vous montrerai comment ceux qui, supportant l'infortune, perdent un grain de sable et gagnent une montagne. Le prince vertueux, auquel je donne ma bénédiction est encore à Tharse où chacun écoute ce qu'il dit comme chose sacrée, et, pour éterniser le souvenir de ses bienfaits, lui décerne une statue d'or; mais d'autres nouveautés vont être représentées sous vos yeux: qu'ai-je besoin de parler?--*(Spectacle muet.--Périclès entre par une porte, parlant à Cléon, qui est accompagné d'une suite; par une autre porte entre un messager avec une lettre pour Périclès; Périclès montre la lettre à Cléon, ensuite il donne une récompense au messager. Cléon et Périclès sortent chacun de leur côté.)*--Le bon Hélicanus est resté à Tyr, ne mangeant pas le miel des autres comme un frelon. Tous ses efforts tendent à tuer les mauvais et à faire vivre les bons. Pour remplir les instructions de son prince, il l'informe de tout ce qui arrive à Tyr, et lui apprend que Thaliard était venu avec l'intention secrète de l'assassiner, et qu'il n'était pas sûr pour lui de rester plus longtemps à Tharse. Périclès s'est embarqué de nouveau sur les mers, si souvent fatales au repos de l'homme; le vent commence à souffler, le tonnerre et les flots font un tel tapage que le vaisseau qui aurait dû lui servir d'asile fait naufrage et se brise; le bon prince ayant tout perdu est porté de côte en côte par les vagues; tout l'équipage a péri, lui seul s'échappe; enfin la fortune, lasse d'être injuste, le jette sur un rivage; il aborde, heureusement le voici. Excusez le vieux Gower de n'en pas dire davantage, il a été déjà assez long.

(Il sort.)

SCÈNE I

Pentapolis.--Plaine sur le bord de la mer.

PÉRICLÈS *entre tout mouillé.*

PÉRICLÈS.--Apaisez votre colère, étoiles furieuses du ciel; vent, pluie et tonnerre, souvenez-vous que l'homme mortel n'est qu'une substance qui doit vous céder, et je vous obéis comme ma nature le veut. Hélas! la mer m'a jeté sur les rochers, après m'avoir transporté sur ses flots de rivage en rivage et ne me laissant d'autre pensée que celle d'une mort prochaine. Qu'il suffise à votre puissance d'avoir privé un prince de toute sa fortune; repoussé de cette tombe humide, tout ce qu'il demande c'est de mourir ici en paix.

(Entrent trois pêcheurs.)

PREMIER PÊCHEUR.--Holà! Pilch.

SECOND PÊCHEUR.--Holà! viens et apporte les filets.

PREMIER PÊCHEUR.--Moi, vieux rapetasseur, je te dis!

TROISIÈME PÊCHEUR.--Que dites-vous, maître?

PREMIER PÊCHEUR.--Prends garde à ce que tu fais; viens, ou j'irai te chercher avec un croc.

TROISIÈME PÊCHEUR.--En vérité, maître, je pensais à ces pauvres gens qui viennent de faire naufrage à nos yeux, tout à l'heure.

PREMIER PÊCHEUR.--Hélas! pauvres âmes! cela me déchirait le coeur, d'entendre les cris plaintifs qu'ils nous adressaient quand nous avions peine à nous sauver nous-mêmes.

TROISIÈME PÊCHEUR.--Eh bien! maître, ne l'avais-je pas dit en voyant ces marsouins[2] bondir. On dit qu'ils sont moitié chair et moitié poisson. Le diable les emporte! ils ne paraissent jamais que je ne pense à être noyé; maître, je ne sais pas comment font les poissons pour vivre dans la mer.

Note 3: Le docteur Malone considère ce pronostic comme une superstition des matelots; mais le capitaine Cook, dans son second voyage aux mers du Sud, dit aussi que les marsouins jouant autour du vaisseau annonçaient toujours un grand coup de vent.

PREMIER PÊCHEUR.--Eh! comme les hommes à terre: les gros mangent les petits. Je ne puis mieux comparer nos riches avares qu'à une baleine, qui se joue et chasse devant elle les pauvres fretins pour les dévorer d'une bouchée. J'ai entendu parler de semblables baleines à terre, qui ne cessent d'ouvrir la bouche qu'elles n'aient avalé toute la paroisse, église, clochers, cloches et tout.

PÉRICLÈS.--Jolie morale!

TROISIÈME PÊCHEUR.--Mais, notre maître, si j'étais le sacristain, je me tiendrais ce jour-là dans le beffroi.

SECOND PÊCHEUR.--Pourquoi, mon camarade?

TROISIÈME PÊCHEUR.--Parce qu'elles m'avaleraient aussi, et qu'une fois dans leur ventre, je branlerais si fort les cloches qu'elle finirait par tout rejeter, cloches, clochers, église et paroisse. Mais si le bon roi Simonide était de mon avis....

PÉRICLÈS.--Simonide!

TROISIÈME PÊCHEUR.--Nous purgerions la terre de ces frelons qui volent les abeilles.

PÉRICLÈS.--Comme ces pêcheurs, d'après le marécageux sujet de la mer, peignent les erreurs de l'homme et de leurs demeures humides ils passent en revue tout ce que l'homme approuve et invente.--Paix à vos travaux, honnêtes pêcheurs.

SECOND PÊCHEUR.--Honnête!... bonhomme, qu'est-ce que cela?--Si c'est un jour qui vous convienne, effacez-le du calendrier, et personne ne le cherchera.

PÉRICLÈS.--Non, voyez, la mer a jeté sur votre côte....

SECOND PÊCHEUR.--Quelle folle d'ivrogne est la mer, de te jeter sur notre chemin!

PÉRICLÈS.--Un homme que les flots et les vents, dans ce vaste jeu de paume, ont pris pour balle, vous supplie d'avoir pitié de lui; il vous supplie, lui qui n'est pas habitué à demander.

PREMIER PÊCHEUR.--Quoi donc, l'ami, ne peux-tu mendier? Il y a des gens dans notre Grèce qui gagnent plus en mendiant que nous en travaillant.

SECOND PÊCHEUR.--Sais-tu prendre des poissons?

PÉRICLÈS.--Je n'ai jamais fait ce métier.

SECOND PÊCHEUR.--Alors tu mourras de faim; car il n'y a rien à gagner aujourd'hui, à moins que tu ne le pêches.

PÉRICLÈS.--J'ai appris à oublier ce que je fus; mais le besoin me force de penser à ce que je suis, un homme transi de froid; mes veines sont glacées et n'ont guère de vie que ce qui peut suffire à donner assez de chaleur à ma langue pour implorer vos secours. Si vous me les refusez, comme je suis homme, veuillez me faire ensevelir quand je serai mort.

PREMIER PÊCHEUR.--Mourir, dis-tu? que les dieux t'en préservent. J'ai un manteau ici, viens t'en revêtir; réchauffe-toi: approche. Tu es un beau garçon; viens avec nous, tu auras de la viande les dimanches, du poisson les jours de jeûne, sans compter les *poudings* et des gâteaux de pomme, et tu seras le bienvenu.

PÉRICLÈS.--Je vous remercie.

SECOND PÊCHEUR.--Écoute, l'ami, tu disais que tu ne pouvais mendier?

PÉRICLÈS.--Je n'ai fait que supplier.

SECOND PÊCHEUR.--Je me ferai suppliant aussi, et j'esquiverai le fouet.

PÉRICLÈS.--Quoi! tous les mendiants sont-ils fouettés?

SECOND PÊCHEUR.--Non pas tous, l'ami; car si tous les mendiants étaient fouettés, je ne voudrais pas de meilleure place que celle de bedeau; mais notre maître, je vais tirer le filet.

(Les deux pêcheurs sortent.)

PÉRICLÈS.--Comme cette honnête gaieté convient à leurs travaux!

PREMIER PÊCHEUR.--Holà, monsieur, savez-vous où vous êtes?

PÉRICLÈS.--Pas trop.

PREMIER PÊCHEUR.--Je vais vous le dire: cette ville s'appelle Pentapolis, et notre roi est le bon Simonide.

PÉRICLÈS.--Le bon roi Simonide, avez-vous dit?

PREMIER PÊCHEUR.--Oui, et il mérite ce nom par son règne paisible et son bon gouvernement.

PÉRICLÈS.--C'est un heureux roi, puisque son gouvernement lui mérite le titre de bon. Sa cour est-elle loin de ce rivage?

PREMIER PÊCHEUR.--Oui-dà, monsieur, à une demi-journée; je vous dirai qu'il a une belle fille; c'est demain le jour de sa naissance, et il est venu des princes et des chevaliers de toutes les parties du monde, afin de jouter dans un tournois pour l'amour d'elle.

PÉRICLÈS.--Si ma fortune égalait mes désirs, je voudrais me mettre du nombre.

PREMIER PÊCHEUR.--Monsieur, il faut que les choses soient comme elles peuvent être. Ce qu'un homme ne peut obtenir, il peut légitimement le faire pour... l'âme de sa femme.

(Les deux pêcheurs rentrent en tirant leur filet.)

SECOND PÊCHEUR.--A l'aide, maître, à l'aide, voici un poisson qui se débat dans le filet comme le bon droit dans un procès. Il y aura de la peine à le tirer.--Ah! au diable!--Le voici enfin, et il s'est changé en armure rouillée.

PÉRICLÈS.--Une armure! mes amis, laissez-moi la voir, je vous prie. Je te remercie, fortune, après toutes mes traverses, de me rendre quelque chose pour me rétablir; je te remercie quoique cette armure m'appartienne et fasse partie de mon héritage; ce gage me fut donné par mon père avec cette stricte recommandation répétée à son lit de mort: *Regarde cette armure, Périclès, elle m'a servi de bouclier contre la mort* (il me montrait ce brassard); *conserve-la parce qu'elle m'a sauvé; dans un danger pareil, ce dont les dieux te préservent, elle peut te défendre aussi.* Je l'ai conservée avec amour jusqu'au moment où les vagues cruelles, qui n'épargnent aucun mortel, me l'arrachèrent dans leur rage; devenues plus calmes, elles me la rendent. Je te remercie; mon naufrage n'est plus un malheur, puisque je retrouve le présent de mon père.

PREMIER PÊCHEUR.--Monsieur, que voulez-vous dire?

PÉRICLÈS.--Mes bons amis, je vous demande cette armure qui fut celle d'un roi, je la reconnais à cette marque. Ce roi m'aimait tendrement, et pour l'amour de lui je veux posséder ce gage de son souvenir. Je vous prie aussi de me conduire à la cour de votre souverain où cette armure me permettra de paraître noblement, et, si ma fortune s'améliore, je reconnaîtrai votre bienveillance; jusqu'alors je suis votre débiteur.

PREMIER PÊCHEUR.--Quoi! voulez-vous combattre pour la princesse?

PÉRICLÈS.--Je montrerai mon courage exercé à la guerre.

PREMIER PÊCHEUR.--Prends donc cette armure, et que les dieux te secondent.

SECOND PÊCHEUR.--Mais, écoutez-nous, l'ami, c'est nous qui avons tiré cet habit du fond de la mer; il est certaines indemnités. Si vous prospérez, j'espère que vous vous souviendrez de ceux à qui vous le devez.

PÉRICLÈS.--Oui, crois-moi. Maintenant, grâce à vous, je suis vêtu d'acier; et, en dépit de la fureur des vagues, ce joyau a repris sa place à mon bras. Il me servira à me procurer un coursier dont le pas joyeux réjouira tous ceux qui le verront. Seulement, mon ami, il me manque encore un haut-de-chausse.

SECOND PÊCHEUR.--Nous vous en trouverons; je vous donnerai mon meilleur manteau pour vous en faire un, et je vous conduirai moi-même à la cour.

PÉRICLÈS.--Que l'honneur serve de but à ma volonté. Je me relèverai aujourd'hui, ou j'accumulerai malheur sur malheur.

(Ils sortent.)

SCÈNE II

Place publique, ou plate-forme conduisant aux lices. Sur un des côtés de la place est un pavillon pour la réception du roi, de la princesse, et des seigneurs.

Entrent SIMONIDE, THAISA, *des seigneurs; suite.*

SIMONIDE.--Les chevaliers sont-ils prêts à commencer le spectacle?

PREMIER SEIGNEUR.--Ils sont prêts, seigneur, et n'attendent que votre arrivée pour se présenter.

SIMONIDE.--Allez leur dire que nous sommes prêts, et que notre fille, en l'honneur de qui sont célébrées ces fêtes, est ici assise comme la fille de la beauté que la nature créa pour l'admiration des hommes.

(Un seigneur sort.)

THAISA.--Mon père, vous aimez à mettre ma louange au-dessus de mon mérite.

SIMONIDE.--Cela doit être; car les princes sont un modèle que les dieux font semblable à eux. Comme les bijoux perdent leur éclat si on les néglige, de même les princes perdent leur fleur si l'on cesse de leur rendre hommage. C'est maintenant un honneur qui vous regarde, ma fille, d'expliquer les vues de chaque chevalier dans sa devise.

THAISA.--C'est ce que je ferai pour conserver mon honneur.

(Entre un chevalier. Il passe sur le théâtre, et son écuyer offre son écu à la princesse.)

SIMONIDE.--Quel est ce premier qui se présente?

THAISA.--Un chevalier de Sparte, mon illustre père. Et l'emblème qu'il porte sur son bouclier est un noir Éthiopien qui regarde le soleil; la devise est: *Lux tua vita mihi.*

SIMONIDE.--Il vous aime bien celui qui tient la vie de vous. (*Un second chevalier passe.*) Quel est le second qui se présente?

THAISA.--Un prince de Macédoine, mon noble père! L'emblème de son bouclier est un chevalier armé, vaincu par une dame; la devise est en espagnol: *Più per dulçura que per fuerça.*

(Un troisième chevalier passe.)

SIMONIDE.--Et quel est le troisième?

THAISA.--Le troisième est d'Antioche; son emblème est une guirlande de chevalier, avec cette devise: *Me pompæ provehit apex.*

(Un quatrième chevalier passe.)

SIMONIDE.--Quel est le quatrième?

THAISA.--Il porte une torche brûlante renversée, avec ces mots: *Quod me alit me extinguit.*

SIMONIDE.--Ce qui veut dire que la beauté a le pouvoir d'enflammer et de faire périr.

(Un cinquième chevalier passe.)

THAISA.--Le cinquième a une main entourée de nuages, tenant de l'or éprouvé par une pierre de touche. La devise dit: *Sic spectanda fides.*

(Un sixième chevalier passe.)

SIMONIDE.--Et quel est le sixième et dernier, qui t'a présenté lui-même son bouclier avec tant de grâce?

THAISA.--Il paraît étranger; mais son emblème est une branche flétrie qui n'est verte qu'à l'extrémité, avec cette devise: *In hac spe vivo.*

SIMONIDE.--Charmante devise! Dans l'état de dénûment où il est, il espère que par vous sa fortune se relèvera.

PREMIER SEIGNEUR.--Il avait besoin de promettre plus qu'on ne doit attendre de son extérieur; car, à son armure rouillée, il semble avoir plus l'usage du fouet que de la lance.

SECOND SEIGNEUR.--Il peut bien être un étranger, car il vient à un noble tournoi avec un étrange appareil.

TROISIÈME SEIGNEUR.--C'est à dessein qu'il a laissé jusqu'à ce jour son armure se rouiller, pour la blanchir dans la poussière.

SIMONIDE.--C'est une folle opinion qui nous fait juger l'homme par son extérieur. Mais en voilà assez: les chevaliers s'avancent; plaçons-nous dans les galeries.

(Il sortent.--Acclamations; cris répétés de: *Vive le pauvre chevalier!*)

SCÈNE III

Salle d'apparat.--Banquet préparé.

SIMONIDE *entre avec* THAISA, *les* SEIGNEURS, *les* CHEVALIERS *et suite.*

SIMONIDE.--Chevaliers! vous dire que vous êtes les bienvenus, ce serait superflu; exposer tout votre mérite aux yeux comme le titre d'un livre, ce serait impossible, car vos exploits rempliraient un volume, et la valeur se loue elle-même dans ses hauts faits. Apportez ici de la gaieté, car la gaieté convient à un festin. Vous êtes mes hôtes.

THAISA.--Mais vous, mon chevalier et mon hôte, je vous remets ce laurier de victoire, et vous couronne roi de ce jour de bonheur.

PÉRICLÈS.--Princesse, je dois plus à la fortune qu'à mon mérite.

SIMONIDE.--Dites comme vous voudrez; la journée est à vous, et j'espère qu'il n'est personne ici qui en soit envieux. En formant des artistes, l'art veut qu'il y en ait de bons, mais que d'autres les surpassent tous; vous êtes son élève favori. Venez, reine de la fête (car, ma fille, vous l'êtes): prenez votre place; et que le reste des convives soient placés, selon leur mérite, par le maréchal.

LES CHEVALIERS.--Le bon Simonide nous fait beaucoup d'honneur.

SIMONIDE.--Votre présence nous réjouit: nous aimons l'honneur, car celui qui hait l'honneur hait les dieux.

LE MARÉCHAL.--Seigneur, voici votre place.

PÉRICLÈS.--Une autre me conviendrait mieux.

PREMIER CHEVALIER.--Cédez, seigneur; car nous ne savons ni dans nos coeurs, ni par nos regards envier les grands ni mépriser les petits.

PÉRICLÈS.--Vous êtes de courtois chevaliers.

SIMONIDE.--Asseyez-vous, asseyez-vous, seigneur, asseyez-vous.

PÉRICLÈS.--Par Jupiter, dieu des pensées, je m'étonne que je ne puisse pas manger un morceau sans penser à elle!

THAISA.--Par Junon, reine du mariage, tout ce que je mange est sans goût; je ne désire que lui pour me nourrir. Certainement, c'est un brave chevalier!

SIMONIDE.--Ce n'est qu'un chevalier campagnard: il n'a pas plus fait que les autres; brisé une lance ou deux.--Oubliez cela.

THAISA.--Pour moi, c'est un diamant à côté d'un morceau de cristal.

PÉRICLÈS.--Ce roi est pour moi comme le portrait de mon père, et me rappelle sa gloire. Si des princes s'étaient assis autour de son trône comme des étoiles, il en eût été respecté comme le soleil: nul ne le voyait sans soumettre sa couronne à la suprématie de son astre; tandis qu'aujourd'hui son fils est un ver luisant dans la nuit, et qui n'aurait plus de lumière dans le jour. Je vois bien que le temps est le roi des hommes; il est leur père et leur tombeau, et ne leur donne que ce qu'il veut, non ce qu'ils demandent.

SIMONIDE.--Quoi donc! vous êtes contents, chevaliers?

PREMIER CHEVALIER.--Pourrait-on être autrement en votre présence royale?

SIMONIDE.--Allons, avec une coupe remplie jusqu'au bord (vous qui aimez, il faut boire à votre maîtresse), nous vous portons cette santé.

LES CHEVALIERS.--Nous remercions Votre Altesse.

SIMONIDE.--Arrêtez un instant; ce chevalier, il me semble, est là tout mélancolique, comme si la fête que nous donnons à notre cour était au-dessous de son mérite. Ne le remarquez-vous pas, Thaïsa?

THAISA.--Qu'est-ce que cela me fait, mon père?

SIMONIDE.--Écoutez, ma fille, les princes doivent imiter les dieux qui donnent généreusement à tous ceux qui viennent les honorer. Les princes qui s'y refusent ressemblent à des cousins qui bourdonnent avec bruit, et dont la petitesse étonne quand on les a tués. Ainsi donc, pour égayer sa rêverie, vidons cette coupe à sa santé.

THAISA.--Hélas! mon père, il ne convient pas d'être si hardie avec un chevalier étranger. Il pourrait s'offenser de mes avances, car les hommes prennent les dons des femmes pour des preuves d'impudence.

SIMONIDE.--Quoi donc! faites ce que je dis, ou vous me mettrez en courroux.

THAISA, *à part.*--J'atteste les dieux qu'il ne pouvait m'ordonner rien de plus agréable.

SIMONIDE.--Et ajoutez que nous désirons savoir d'où il est, son nom et son lignage.

THAISA.--Seigneur, le roi mon père a porté votre santé.

PÉRICLÈS.--Je le remercie.

THAISA.--En désirant que ce qu'il a bu fût autant de sang ajouté au vôtre.

PÉRICLÈS.--Je vous remercie, lui et vous, et vous réponds cordialement.

THAISA.--Mon père désire savoir de vous d'où vous êtes, votre nom et votre lignage.

PÉRICLÈS.--Je suis un chevalier de Tyr, mon nom est Périclès, mon éducation a été celle des arts et des armes: en courant le monde pour y chercher des aventures, j'ai perdu dans les flots mes vaisseaux et mes soldats, et c'est le naufrage qui m'a jeté sur cette côte.

THAISA.--Il vous rend grâces; il s'appelle Périclès, chevalier de Tyr, qui en courant les aventures a perdu ses vaisseaux et ses soldats, et a été jeté sur cette côte par le naufrage.

SIMONIDE.--Maintenant, au nom des dieux, je plains son infortune et veux le distraire de sa mélancolie. Venez, chevalier, nous donnons trop de temps à de vains plaisirs quand d'autres fêtes nous attendent. Armé comme vous êtes, vous pouvez figurer dans une danse guerrière. Je n'admets point d'excuse; ne dites pas que cette bruyante musique étourdit les dames, elles aiment les hommes en armes autant que leurs lits. (*Les chevaliers dansent.*) L'exécution a répondu à mon attente. Venez, chevalier, voici une dame qui veut avoir son tour; j'ai entendu dire que vous autres chevaliers de Tyr vous excellez à faire sauter les dames, et que vous dansez plus en mesure que personne.

PÉRICLÈS.--Oui, seigneur, pour ceux qui veulent bien s'en contenter.

SIMONIDE.--Vous parlez comme si vous désiriez un refus. (*Les chevaliers et les dames dansent.*) Cessez, cessez, je vous remercie, chevaliers; tous ont bien dansé, mais vous (*à Périclès*) le mieux de tous. Pages, prenez des flambeaux pour conduire ces chevaliers à leurs appartements. Quant au vôtre, seigneur, nous avons voulu qu'il fût tout près du nôtre.

PÉRICLÈS.--Je suis aux ordres de Votre Majesté.

SIMONIDE.--Princes, il est trop tard pour parler d'amour, car je sais que c'est le but auquel vous visez. Que chacun aille goûter le repos; demain chacun fera de son mieux pour plaire.

(Ils sortent.)

SCÈNE IV

Tyr.--Appartement dans le palais du gouverneur.

HÉLICANUS *entre avec* ESCANÈS.

HÉLICANUS.--Non, non, mon cher Escanès, apprends cela de moi.--Antiochus fut coupable d'inceste; voilà pourquoi les dieux puissants se sont enfin lassés de tenir en réserve la vengeance due à son crime atroce. Au milieu même de sa gloire, lorsque dans l'orgueil de son pouvoir il était assis avec sa fille sur un char d'une inestimable valeur, un feu du ciel descendit et flétrit leurs corps jusqu'à les rendre des objets de dégoût. Ils répandaient une odeur si infecte qu'aucun de ceux qui les adoraient avant leur chute n'oseraient leur donner la sépulture.

ESCANÈS.--Voilà qui est étrange.

HÉLICANUS.--Et juste cependant: le roi était grand, mais sa grandeur ne pouvait être un bouclier contre le trait céleste, le crime devait avoir sa récompense.

ESCANÈS.--Cela est vrai.

(Entrent trois seigneurs.)

PREMIER SEIGNEUR.--Voyez, il n'y a pas un seul homme pour lequel, dans les conférences particulières ou dans le conseil, il ait les mêmes égards que pour lui.

SECOND SEIGNEUR.--Nous saurons enfin nous plaindre.

TROISIÈME SEIGNEUR.--Maudit soit celui qui ne nous secondera pas.

PREMIER SEIGNEUR.--Suivez-moi donc: seigneur Hélicanus, un mot.

HÉLICANUS.--Moi?--Soyez donc les bienvenus. Salut, seigneurs.

PREMIER SEIGNEUR.--Sachez que nos griefs sont au comble et vont enfin déborder.

HÉLICANUS.--Vos griefs! quels sont-ils? N'outragez pas le prince que vous aimez.

PREMIER SEIGNEUR.--Ne vous manquez donc pas à vous-même, noble Hélicanus: si le prince vit, faites-le-nous saluer, ou dites-nous quelle contrée jouit du bonheur de sa présence; s'il est dans ce monde, nous le chercherons, s'il est dans le tombeau, nous l'y trouverons. Nous voulons savoir s'il vit encore pour nous gouverner; ou, s'il est mort, nous voulons le pleurer et procéder à une élection libre.

SECOND SEIGNEUR.--C'est sa mort qui nous semble presque certaine. Comme ce royaume sans son chef, tel qu'un noble édifice sans toiture, tomberait bientôt en ruine, c'est à vous comme au plus habile et au plus digne que nous nous soumettons.--Soyez notre souverain.

TOUS.--Vive le noble Hélicanus!

HÉLICANUS.--Soyez fidèles à la cause de l'honneur; épargnez-moi vos suffrages, si vous aimez le prince Périclès. Si je me rends à vos désirs, je me jette dans la mer, où il y a des heures de tourmente pour une minute de calme. Laissez-moi donc vous supplier de différer votre choix pendant un an encore en l'absence du roi. Si, ce terme expiré, il ne revient pas, je supporterai avec patience le joug que vous m'offrez. Si je ne puis vous amener à cette complaisance, allez, en nobles chevaliers et en fidèles sujets, chercher votre prince et les aventures: si vous le trouvez et le faites revenir, vous serez comme des diamants autour de sa couronne.

PREMIER SEIGNEUR.--Il n'y a qu'un fou qui ne cède pas à la sagesse; et puisque le seigneur Hélicanus nous le conseille, nous allons commencer nos voyages.

HÉLICANUS.--Vous nous aimez alors, et nous vous serrons la main. Quand les grands agissent ainsi de concert, un royaume reste debout.

(Ils sortent.)

SCÈNE V

Pentapolis.--Appartement dans le palais.

Entre SIMONIDE *lisant une lettre; les* CHEVALIERS *viennent à sa rencontre.*

PREMIER CHEVALIER.--Salut au bon Simonide!

SIMONIDE.--Chevaliers, ma fille me charge de vous dire qu'elle ne veut pas avant un an d'ici entrer dans l'état du mariage: ses motifs ne sont connus que d'elle, et je n'ai pu les pénétrer.

PREMIER CHEVALIER.--Ne pouvons-nous avoir accès auprès d'elle, seigneur?

SIMONIDE.--Non, ma foi! Elle s'est si bien renfermée dans sa chambre qu'on ne peut y entrer; elle veut porter pendant un an encore la livrée de Diane: elle l'a juré par l'astre de Cynthie et sur son honneur virginal.

SECOND CHEVALIER.--C'est avec regret que nous prenons congé de vous.

(Ils sortent.)

SIMONIDE.--Les voilà bien congédiés: maintenant voyons la lettre de ma fille. Elle me dit qu'elle veut épouser le chevalier étranger, ou ne jamais revoir le jour ni la lumière. Madame, fort bien; votre choix est d'accord avec le mien: j'en suis charmé. Comme elle fait la décidée avant de savoir si j'approuve ou non! Allons, je l'approuve; et je n'admettrai pas plus de retard. Doucement, le voici; il me faut dissimuler.

(Entre Périclès.)

PÉRICLÈS.--Mille prospérités au bon Simonide!

SIMONIDE.--Recevez le même souhait; je vous remercie de votre musique d'hier soir: je vous proteste que jamais mes oreilles ne furent ravies par une mélodie aussi douce.

PÉRICLÈS.--Je dois ces éloges à l'amitié de Votre Altesse et non à mon mérite.

SIMONIDE.--Seigneur, vous êtes le maître de la musique.

PÉRICLÈS.--Le dernier de tous ses écoliers, mon bon seigneur.

SIMONIDE.--Permettez-moi une question.--Que pensez-vous, seigneur, de ma fille?

PÉRICLÈS.--Que c'est une princesse vertueuse.

SIMONIDE.--N'est-elle pas belle aussi?

PÉRICLÈS.--Comme un beau jour d'été, merveilleusement belle.

SIMONIDE.--Ma fille, seigneur, pense de vous avantageusement; au point qu'il faut que vous soyez son maître: elle veut être votre écolière, je vous en avertis.

PÉRICLÈS.--Je suis indigne d'être son maître.

SIMONIDE.--Elle ne pense pas de même: parcourez cet écrit.

PÉRICLÈS.--Qu'est-ce que ceci? Elle aime, dit cette lettre, le chevalier de Tyr. (A part.) C'est une ruse du roi pour me faire mourir. O généreux seigneur, ne cherchez point à tendre un piège à un malheureux étranger qui ne prétendit jamais à l'amour de votre fille, et se contente de l'honorer.

SIMONIDE.--Tu as ensorcelé ma fille, et tu es un lâche.

PÉRICLÈS.--Non, de par les dieux! Seigneur, jamais je n'eus une pensée capable de vous faire outrage; je n'ai rien fait pour mériter son amour ou votre déplaisir.

SIMONIDE.--Traître, tu mens.

PÉRICLÈS.--Traître!

SIMONIDE.--Oui, traître.

PÉRICLÈS.--A tout autre qu'au roi, je répondrais qu'il en a menti par la gorge.

SIMONIDE, *à part*.--J'atteste les dieux que j'applaudis à son courage.

PÉRICLÈS.--Mes actions sont aussi nobles que mes pensées qui n'eurent jamais rien de bas. Je suis venu dans votre cour pour la cause de l'honneur, et non pour y être un rebelle; et quiconque dira le contraire, je lui ferai voir par cette épée qu'il est l'ennemi de l'honneur.

SIMONIDE, *à part*.--Non!--Voici ma fille qui portera témoignage.

(Entre Thaïsa.)

PÉRICLÈS.--Vous qui êtes aussi vertueuse que belle, dites à votre père couronné si jamais ma langue a sollicité ou si ma main a rien écrit qui sentit l'amour.

THAISA.--Quand vous l'auriez fait, seigneur, qui s'offenserait de ce qui me rendrait heureuse?

SIMONIDE.--Ah! madame, vous êtes si décidée? J'en suis charmé (*à part*). Je vous dompterai.--Voulez-vous sans mon consentement aimer un étranger? (*à part*). Qui, ma foi, est peut-être mon égal par le sang.--Écoutez-moi bien, madame, préparez-vous à m'obéir; et vous, seigneur, écoutez aussi.... Ou soyez-moi soumis, ou je vous.... marie. Allons, venez, vos mains et vos actes doivent sceller ce pacte: c'est en les réunissant que je détruis vos espérances; et, pour votre plus grand malheur, Dieu vous comble de ses joies.--Quoi, vous êtes contente?

THAISA, *à Périclès*.--Oui, si vous m'aimez, seigneur.

PÉRICLÈS.--Autant que ma vie aime le sang qui l'entretient.

SIMONIDE.--Quoi, vous voilà d'accord?

TOUS DEUX.--Oui, s'il plaît à Votre Majesté.

SIMONIDE.--Cela me plaît si fort que je veux vous marier; allez donc le plus tôt possible vous mettre au lit.

FIN DU SECOND ACTE.

ACTE TROISIÈME

Entre GOWER.

GOWER.--Maintenant le sommeil a terminé la fête. On n'entend plus dans le palais que des ronflements, rendus plus bruyants par un estomac surchargé des mets de ce pompeux repas de noces. Le chat, avec ses yeux de charbon ardent, se tapit près du trou de la souris, et les grillons qu'égaye la sécheresse chantent sous le manteau de la cheminée. L'hymen a conduit la fiancée au lit, où, par la perte de sa virginité, un enfant est jeté dans le moule. Soyez attentifs; et le temps, si rapidement écoulé, s'agrandira, grâce à votre riche et capricieuse imagination; ce qui va vous être offert en spectacle muet sera expliqué par mes paroles.--(*Pantomime.--Périclès entre par une porte avec Simonide, et sa suite. Un messager les aborde, s'agenouille, et donne une lettre à Périclès. Périclès la montre à Simonide. Les seigneurs fléchissent le genou devant le prince de Tyr. Entrent Thaïsa, enceinte, et Lychorida. Simonide communique la lettre à sa fille. Elle se réjouit. Thaïsa et Périclès prennent congé de Simonide et partent; Simonide et les autres se retirent.*)

On a soigneusement cherché Périclès à travers les pays les plus terribles et les plus sombres, aux quatre coins opposés du monde; on l'a cherché avec soin et diligence, à cheval, sur des navires, et sans épargner aucuns frais. Enfin la renommée répond à ces puissantes recherches. De Tyr à la cour de Simonide on apporte des lettres dont voici la teneur:

«Antiochus et sa fille sont morts. Les seigneurs ont voulu placer la couronne sur la tête d'Hélicanus; mais il l'a refusée, se hâtant de leur dire, pour apaiser le tumulte, que, si le roi Périclès ne revient pas dans douze mois, il se rendra alors à leurs voeux.»

Cette nouvelle, apportée à Pentapolis, y a ravi toute la contrée; chacun applaudit et s'écrie: Notre jeune prince naîtra roi. Qui eût rêvé, qui eût deviné une semblable chose? Bref il faut qu'il parte pour Tyr. Son épouse, enceinte, désire partir. (Qui s'y opposerait?) Nous abrégeons le récit des pleurs et des regrets. Elle prend avec elle Lychorida, sa nourrice, et s'embarque. Le vaisseau se balance sur le sein de Neptune: la quille de leur vaisseau a fendu la moitié des ondes; mais nouveau caprice de la fortune: le nord envoie une telle tempête, que, semblable à un cygne qui plonge pour se sauver, le pauvre navire est la proie de sa furie. La dame pousse des cris, et se voit près d'accoucher d'effroi. Vous allez voir la suite de cet orage, dont je ne ferai pas le récit, ne pouvant pas espérer de m'en acquitter dignement. Représentez-vous par l'imagination le vaisseau sur lequel le prince, balloté par les flots, est supposé parler.

(Gower sort.)

SCÈNE I

PÉRICLÈS *sur un vaisseau en mer.*

PÉRICLÈS.--O toi, dieu de ce vaste abîme, gourmande ces vagues qui lavent le ciel et la terre; et toi, qui gouvernes les vents, enferme-les dans leur prison d'airain, après les avoir fait sortir de l'abîme! Apaise ces tonnerres terribles et assourdissants! Éteins doucement les agiles éclairs de soufre! O Lychorida, comment se trouve ma reine? Tempête, vomiras-tu sur nous tout ton venin? Le sifflet du matelot est comme un faible murmure à l'oreille de la mort qui ne l'entend point. Lychorida, Lucina, ô divine patronne, et sage-femme, qui protège ceux qui gémissent dans la nuit, abaisse ta divinité sur ce navire battu par l'orage, abrège l'angoisse de la reine! Eh bien! Lychorida?

(Lychorida entre avec un enfant.)

LYCHORIDA.--Voici un être trop jeune pour un tel lieu, et qui, s'il était doué déjà de la pensée, mourrait comme je me sens près de le faire. Recevez dans vos bras ce reste de votre épouse inanimée.

PÉRICLÈS.--Que dis-tu, Lychorida?

LYCHORIDA.--Patience; seigneur, n'assistez pas l'orage: voici tout ce qui vit encore de notre reine.... une petite fille;--pour l'amour d'elle, soyez un homme et prenez courage.

PÉRICLÈS.--O vous, dieux! nous faites-vous aimer vos célestes dons pour nous les enlever? Nous du moins, ici-bas, nous ne redemandons pas ce que nous donnons, et en cela nous l'emportons sur vous.

LYCHORIDA.--Patience, bon prince, même dans ce malheur.

PÉRICLÈS.--Maintenant que ta vie soit calme! car jamais enfant n'eut une naissance plus troublée! Que ta destinée soit paisible et douce, car jamais fille de prince ne fut accueillie dans ce monde avec plus de sévérité. Puisse la suite être heureuse pour toi! tu as une naissance aussi bruyante que le feu, l'air, l'eau, la terre et le ciel pouvaient te la procurer pour annoncer ta sortie du sein qui te conçut; et déjà même tu as plus perdu que tu ne gagneras dans la vie.--Que les dieux bienveillants jettent sur elle un favorable regard.

(Deux matelots entrent.)

PREMIER MATELOT.--Eh bien! avez-vous bon courage? Dieu vous conserve!

PÉRICLÈS.--J'ai assez de courage. Je ne crains pas la tempête, elle m'a fait le plus grand mal qu'elle pût me faire; cependant, pour l'amour de ce pauvre enfant, je souhaite que le ciel s'éclaircisse.

PREMIER MATELOT.--Relâche les cordages; allons donc.... Souffle et fais tous tes efforts.

SECOND MATELOT.--Mais les vagues sombres vont caresser la lune: je ne puis.

PREMIER MATELOT.--Seigneur, la reine doit être jetée à la mer. La mer est si haute, le vent si violent qu'il ne se calmera que quand nous aurons débarrassé le vaisseau des morts.

PÉRICLÈS.--C'est une superstition.

PREMIER MATELOT.--Pardonnez-nous, seigneur; c'est une chose que nous avons toujours observée sur mer, et nous parlons sérieusement; rendez-vous donc, car il faut la jeter à la mer sans plus tarder.

PÉRICLÈS.--Faites ce que vous croirez nécessaire.--Malheureuse princesse!

LYCHORIDA.--C'est là qu'elle repose, seigneur.

PÉRICLÈS.--O mon amie, tu as eu un terrible accouchement, sans lumière, sans feu; les éléments ennemis t'ont complètement oubliée, et le temps me manque pour te rendre les honneurs de la sépulture; mais à peine déposée dans le cercueil, il faut que tu sois précipitée dans les flots! Au lieu d'un monument élevé à ta cendre et de lampe funéraire, l'énorme baleine et les vagues mugissantes recouvriront ton corps au milieu des coquillages. Lychorida, dis à Nestor de m'apporter des épices, de l'encre et du papier, ma cassette et mes bijoux. Dis à Méandre de m'apporter le coffre de satin. Couche l'enfant: va vite, pendant que je dis à Thaïsa un adieu religieux: hâte-toi, femme.

(Lychorida sort.)

SECOND MATELOT.--Seigneur, nous avons sous les écoutilles une caisse déjà enduite de bitume.

PÉRICLÈS.--Je te rends grâces, matelot.--Quelle est cette côte?

SECOND MATELOT.--Nous sommes près de Tharse.

PÉRICLÈS.--Dirigeons-y notre proue avant de continuer notre route vers Tyr. Quand pourrons-nous y aborder?

SECOND MATELOT.--Au point du jour, si le vent cesse.

PÉRICLÈS.--Oh! voguons vers Tharse. Je visiterai Cléon, car l'enfant ne vivrait pas jusqu'à Tyr: je le confierai à une bonne nourrice. Va naviguer, bon matelot; je vais apporter le corps. (Ils sortent.)

SCÈNE II

Éphèse.--Appartement dans la maison de Cérimon.

Entrent CÉRIMON *avec* UN VALET *et quelques personnes qui ont fait naufrage.*

CÉRIMON.--Holà! Philémon.

(Philémon entre.)

PHILÉMON.--Est-ce mon maître qui appelle?

CÉRIMON.--Allume du feu et prépare à manger pour ces pauvres gens. La tempête a été forte cette nuit?

LE VALET.--J'ai vu plus d'une tempête, et jamais une semblable à celle de cette nuit.

CÉRIMON.--Votre maître sera mort avant votre retour: il n'est rien qui puisse le sauver. (*A Philémon.*)--Portez ceci à l'apothicaire, et vous me direz l'effet que le remède produira.

(Sortent Philémon, le valet et les naufragés.)

(Entrent deux Éphésiens.)

PREMIER ÉPHÉSIEN.--Bonjour, seigneur Cérimon.

SECOND ÉPHÉSIEN.--Bonjour à Votre Seigneurie.

CÉRIMON.--Pourquoi, seigneurs, vous êtes-vous levés si matin?

PREMIER ÉPHÉSIEN.--Nos maisons, situées près de la mer, ont été ébranlées comme par un tremblement de terre: les plus fortes poutres semblaient près d'être brisées, et le toit de s'écrouler. C'est la surprise et la peur qui m'ont fait déserter le logis.

SECOND ÉPHÉSIEN.--Voilà ce qui cause de si bon matin notre visite importune; ce n'est point un motif d'économie domestique.

CÉRIMON.--Oh! vous parlez bien.

PREMIER ÉPHÉSIEN.--Je m'étonne que Votre Seigneurie, ayant autour d'elle un si riche attirail, s'arrache de si bonne heure aux douces faveurs du repos. Il est étrange que la nature se livre à une peine à laquelle elle n'est pas forcée.

CÉRIMON.--J'ai toujours pensé que la vertu et le savoir étaient des dons plus précieux que la noblesse et la richesse. Des héritiers insouciants peuvent flétrir et dissiper ces deux derniers; mais les autres sont suivis par l'immortalité qui fait un dieu de l'homme. Vous savez que j'ai toujours étudié la médecine, dont l'art secret, fruit de la lecture et de la pratique, m'a fait connaître les sucs salutaires que contiennent les végétaux, les métaux et les minéraux. Je puis expliquer les maux que la nature cause, et je sais les moyens de les guérir: ce qui me rend plus heureux que la poursuite des honneurs incertains, ou le souci d'enfermer mes trésors dans des sacs de soie pour le plaisir du *fou* et de la *mort*.

SECOND ÉPHÉSIEN.--Votre Seigneurie a répandu ses bienfaits dans Éphèse, où mille citoyens s'appellent vos créatures, rendues par vous à la santé;--non-seulement votre science, vos travaux, mais encore votre bourse toujours ouverte, ont procuré au seigneur Cérimon une renommée que jamais le temps....

(Entrent deux valets avec une caisse.)

LE VALET.--Déposez ici.

CÉRIMON.--Qu'est-ce que cela?

LE VALET.--La mer vient de jeter sur la côte ce coffre, qui provient de quelque naufrage.

CÉRIMON.--Déposez-le là, que nous l'examinions.

SECOND ÉPHÉSIEN.--Cela ressemble à un cercueil, seigneur.

CÉRIMON.--Quoi que ce soit, le poids est des plus lourds: ouvrez cette caisse. L'estomac de la mer est surchargé d'or: la fortune a eu raison de le faire vomir ici.

SECOND ÉPHÉSIEN.--Vous avez deviné, seigneur.

CÉRIMON.--Comme elle est goudronnée partout! Est-ce la mer qui l'a jetée sur le rivage?

LE VALET.--Je n'ai jamais vu de vague aussi forte que celle qui l'a apportée.

CÉRIMON.--Allons, ouvre-la.--Doucement, doucement; quel parfum délicieux!

SECOND ÉPHÉSIEN.--C'est un baume exquis.

CÉRIMON.--Jamais je n'ai senti un plus doux parfum.--Allons, dépêchons.--O Dieu tout-puissant!--Que vois-je? un cadavre!

PREMIER ÉPHÉSIEN.--Chose étrange!

CÉRIMON.--Il est enveloppé d'un riche linceul et de sacs pleins de parfums. Un écrit! Apollon, rends-moi habile à lire.

(Il déroule un écrit et lit.)

«Je donne à connaître, si jamais ce cercueil touche à terre, qu'il contient une reine plus précieuse que tout l'or du monde, et quelle a été perdue par moi, roi Périclès. Que celui qui la trouvera, lui donne la sépulture! Elle fut la fille d'un roi: les dieux récompenseront sa charité: ce trésor lui appartient.»

Si tu vis, Périclès, ton coeur est déchiré de douleur.--Ce cercueil a été fait cette nuit.

SECOND ÉPHÉSIEN.--Probablement, seigneur.

CÉRIMON.--C'est sûrement cette nuit; car, voyez cet air de fraîcheur.--Ils ont été des barbares, ceux qui ont jeté cette femme à la mer! Allumez du feu; apportez ici toutes les boîtes de mon cabinet. La mort peut usurper l'empire de la nature pendant quelques heures, et le feu de la vie rallumer encore les sens assoupis. J'ai entendu parler d'un Égyptien qui passa pour mort pendant neuf heures, et qui, à force de soins, revint à la vie. (*Un valet entre avec des boîtes, du linge et du feu.*) Très-bien: du feu et du linge.--Je vous prie, faites entendre un air de musique, quelque rudes que soient vos instruments.--Ah! tu remues, corps insensible!--Ici la musique.--Je vous prie, encore un air.--Seigneurs, cette reine est vivante.--La nature se réveille.--Une douce chaleur s'en exhale: il n'y a pas plus de cinq heures qu'elle est dans cet état. Voyez comme la fleur de la vie s'épanouit de nouveau en elle!

PREMIER ÉPHÉSIEN.--Le ciel, seigneur, vous a choisi pour nous étonner par ses prodiges: votre réputation est éternelle.

CÉRIMON.--Elle vit: voyez; ses paupières, qui couvraient ces célestes bijoux perdus par Périclès, commencent à écarter leurs franges d'or. Ces diamants si purs vont doubler la richesse du monde. O vis et arrache-nous des larmes par ton histoire, belle créature!

(Thaïsa fait un mouvement.)

THAISA.--O divine Diane, où suis-je, où est mon époux?--Quel est le lieu que je vois?

SECOND ÉPHÉSIEN.--N'est-ce pas étrange?

PREMIER ÉPHÉSIEN.--Merveilleux!

CÉRIMON.--Paix, mes chers amis: aidez-moi, portons-la dans la chambre voisine. Préparez du linge.--Donnons-lui tous nos soins, une rechute serait mortelle. Venez, venez, et qu'Esculape nous guide.

(Ils sortent emportant Thaïsa.)

SCÈNE III

Tharse.--Appartement dans le palais de Cléon.

PÉRICLÈS *entre avec* CLÉON, DIONYSA, LYCHORIDA ET MARINA.

PÉRICLÈS.--Respectable Cléon, je suis forcé de partir, l'année est expirée et Tyr ne jouit plus que d'une paix douteuse; recevez, vous et votre épouse, toute la reconnaissance dont est rempli mon coeur: que les dieux se chargent du reste.

CLÉON.--Les traits de la fortune qui vous frappent mortellement se font aussi sentir à nous.

DIONYSA.--O votre pauvre princesse! pourquoi les destins n'ont-ils pas permis que vous l'ameniez ici pour charmer ma vue?

PÉRICLÈS.--Nous ne pouvons qu'obéir aux puissances du ciel. Quand je gémirais et que je rugirais comme la mer qui la recèle dans son sein, Thaïsa n'en serait pas moins privée de la vie. Ma petite Marina! (je lui ai donné ce nom parce qu'elle est née sur les flots): je la recommande à vos soins et je vous la laisse comme la fille de votre bienveillante amitié, pour qu'elle reçoive une éducation royale et digne de sa naissance.

CLÉON.--Ne craignez rien, seigneur, nous nous souviendrons pour votre fille du prince généreux qui nous a nourris de son blé, et les prières du peuple reconnaissant imploreront le ciel pour son libérateur. Si je me rendais coupable d'une ingrate négligence, tous mes sujets me forceraient à remplir mon devoir; mais, si mon zèle a besoin d'être excité, que les dieux vous vengent sur moi et les miens jusqu'à la dernière génération.

PÉRICLÈS.--Je vous crois, votre honneur et votre vertu sont pour moi un gage plus sûr que vos serments. Jusqu'à ce que ma fille soit mariée, madame, j'en jure par Diane, que nous honorons tous, ma chevelure sera respectée des ciseaux. Je prends congé de vous; rendez-moi heureux par les soins accordés à ma fille.

DIONYSA.--J'ai aussi une fille; elle ne me sera pas plus chère que la vôtre.

PÉRICLÈS.--Madame, je vous remercie et je prierai pour vous.

CLÉON.--Nous vous escorterons jusque sur le rivage, où nous vous abandonnerons au mystérieux Neptune et aux vents les plus favorables.

PÉRICLÈS.--J'accepte votre offre. Venez, chère reine.--Point de larmes, Lychorida, point de larmes: pensez à votre jeune maîtresse dont vous allez désormais dépendre.--Allons, seigneur.

(Ils sortent.)

SCÈNE IV

Éphèse.--Appartement dans la maison de Cérimon.

Entrent CÉRIMON ET THAISA.

CÉRIMON.--Madame, cette lettre et ces bijoux étaient avec vous dans le cercueil: les voici. Connaissez-vous l'écriture?

THAISA.--C'est celle de mon époux. Je me rappelle fort bien encore m'être embarquée au moment de devenir mère; mais ai-je été délivrée ou non? par les dieux immortels! je l'ignore. Hélas! puisque je ne reverrai plus mon époux, le roi Périclès, je veux prendre des vêtements de vestale et renoncer à toute félicité.

CÉRIMON.--Madame, si c'est là votre intention, le temple de Diane n'est pas loin; vous pourrez y passer le reste de vos jours; et, si vous voulez, une nièce à moi vous y accompagnera.

THAISA.--Je ne puis que vous rendre grâces, voilà tout. Ma reconnaissance est grande, quoiqu'elle puisse peu de chose.

(Ils sortent.)

FIN DU TROISIÈME ACTE.

ACTE QUATRIÈME

Entre GOWER.

GOWER.--Figurez-vous Périclès arrivé à Tyr et accueilli selon ses désirs; laissez à Éphèse sa malheureuse épouse qui s'y consacre au culte de Diane. Maintenant occupez-vous de Marina que notre scène rapide doit trouver à Tharse élevée par Cléon qui lui fait enseigner la musique et les lettres, et acquérant tant de grâces qu'elle attire sur elle l'admiration et la tendresse générale. Mais, hélas! le monstre de l'envie, qui est souvent la mort du mérite, cherche à abréger la vie de Marina par le poignard de la trahison. Telle est la fille de Cléon déjà mûre pour le mariage. Cette fille se nomme Philoten; et l'on assure dans notre histoire qu'elle voulait toujours être avec Marina, soit quand elle formait des tissus de soie avec ses doigts délicats, minces et blancs comme le lait, soit quand avec une aiguille elle piquait la mousseline que ces blessures rendaient plus solides, soit quand elle chantait en s'accompagnant de son luth et rendait muet l'oiseau qui fait résonner la nuit de ses accents plaintifs, ou quand elle offrait son hommage à Diane, sa divinité: toujours Philoten rivalisait d'adresse avec la parfaite Marina. C'est comme si le corbeau prétendait le disputer en blancheur à la colombe de Paphos. Marina reçoit tous les éloges, non comme un don, mais comme une dette. Les grâces de Philoten sont tellement éclipsées, que l'épouse de Cléon, inspirée par une insigne jalousie, suscite un meurtrier contre la vertueuse Marina, afin que sa fille reste sans égale après ce meurtre; la mort de Lychorida, notre nourrice, favorise ses pensées; et la maudite Dionysa a déjà l'instrument de colère prêt à frapper. Je recommande à votre attention cet événement qui se prépare. Je transporte seulement le temps et ses ailes sur le pied boiteux de mon poëme. Je ne pourrais y parvenir si vos pensées ne voyagent avec moi.--Dionysa va paraître avec Léonin, un meurtrier.

(Gower sort.)

SCÈNE I

Tharse.--Plaine près du rivage de la mer.

DIONYSA *entre avec* LÉONIN.

DIONYSA.--Souviens-toi de ton serment, tu as juré de l'exécuter; ce n'est qu'un coup qui ne sera jamais connu. Tu ne pourrais rien faire dans ce monde en aussi peu de temps, qui te rapportât davantage. Que la conscience, qui n'est qu'une froide conseillère, n'allume pas la sympathie dans ton coeur trop scrupuleux; que la pitié, que les femmes même ont abjurée, ne t'attendrisse pas; sois un soldat résolu dans ton dessein.

LÉONIN.--Je te tiendrai parole; mais c'est une céleste créature.

DIONYSA.--Elle n'en est que plus propre à être admise chez les dieux; la voici qui vient pleurant la mort de sa nourrice; es-tu résolu?

LÉONIN.--Je le suis.

(Entre Marina avec une corbeille de fleurs.)

MARINA.--Non, non: je déroberai les fleurs de la terre pour les semer sur le gazon qui te recouvre; les genêts, les bluets, les violettes purpurines et les soucis seront suspendus en guirlandes, tant que durera l'été. Hélas! pauvre fille que je suis, née dans une tempête où mourut ma mère, le monde est pour moi comme une tempête continuelle, m'éloignant de mes amis.

DIONYSA.--Quoi donc, Marina! pourquoi êtes-vous seule? Comment se fait-il que ma fille ne soit pas avec vous? Ne vous consumez pas dans la tristesse, vous avez en moi une autre nourrice. Seigneur! combien votre visage est changé par ce malheur. Venez, venez, donnez-moi votre guirlande de fleurs avant que la mer la flétrisse; promenez-vous avec Léonin; l'air est vif ici et aiguise l'appétit. Venez, Léonin, prenez Marina par le bras et promenez-vous avec elle.

MARINA.--Non, je vous en prie, je ne veux point vous priver de votre serviteur.

DIONYSA.--Venez, venez, j'aime le roi votre père et vous, comme si je n'étais pas une étrangère pour vous. Nous l'attendons tous les jours ici. Quand il viendra, il trouvera flétrie celle que la renommée vante comme un chef-d'oeuvre; il regrettera un si long voyage, et il nous blâmera, mon époux et moi, d'avoir négligé sa fille. Allez, je vous prie, vous promener et soyez moins triste. Conservez ce teint charmant qui a désolé tant de coeurs de tous les âges. Ne vous inquiétez pas de moi, je retourne seule au palais.

MARINA.--Eh bien! j'irai, mais je ne m'en soucie guère.

DIONYSA.--Venez, venez, je sais que cela vous sera salutaire: promenez-vous une demi-heure au moins.--Léonin, souviens-toi de ce que j'ai dit.

LÉONIN.--Je vous le promets, madame.

DIONYSA.--Je vous laisse pour un moment, ma chère Marina: promenez-vous doucement, ne vous échauffez pas le sang. Je dois avoir soin de vous.

MARINA.--Je vous remercie; ma chère dame.--*(Dionysa sort.)* Est-ce le vent d'ouest qui souffle?

LÉONIN.--C'est le sud-ouest.

MARINA.--Quand je naquis, le vent était au nord.

LÉONIN.--Était-ce le nord?

MARINA.--Mon père, comme disait ma nourrice, ne montrait aucune crainte, mais il criait: Bons matelots! et déchirait ses mains royales en maniant les cordages, et en embrassant le mât; il bravait une mer qui faisait presque éclater le tillac; elle fit tomber des hunes un matelot monté pour plier les voiles. Eh! dit un autre, veux-tu sortir? et ils roulent tous les deux de l'éperon à la poupe, le contre-maître siffle, le pilote appelle et triple leur confusion.

LÉONIN.--Et quand cela eut-il lieu?

MARINA.--Quand je vins au monde; jamais les vents ni les vagues ne furent plus violents.

LÉONIN.--Allons, dites promptement vos prières.

MARINA.--Que voulez-vous dire?

LÉONIN.--Si vous demandez quelques moments pour prier, je vous les accorde: je vous en prie, mais hâtez-vous, car les dieux ont l'oreille fine, et j'ai juré d'exécuter promptement.

MARINA.--Quoi! voulez-vous me tuer?

LÉONIN.--Pour obéir à ma maîtresse.

MARINA.--Pourquoi veut-elle ma mort?--Autant que je puis me le rappeler, je jure que je ne l'ai jamais offensée de ma vie; je n'ai jamais dit un mot méchant ni fait mal à aucune créature vivante. Croyez-moi, je n'ai jamais tué une souris ni blessé une mouche. J'ai marché un jour sur un ver contre ma volonté, mais j'en ai pleuré. Quel est mon crime? En quoi ma mort peut-elle lui être utile, ou ma vie être dangereuse pour elle?

LÉONIN.--Ma commission n'est pas de raisonner, mais d'exécuter.

MARINA.--Vous ne le feriez pas pour tout au monde, je l'espère; vous avez un visage où respire la douceur, et qui annonce que vous avez un coeur généreux. Je vous vis dernièrement vous faire blesser pour séparer deux hommes qui se battaient: en vérité cela prouvait en votre faveur; faites encore de même. Votre maîtresse en veut à ma vie: mettez-vous entre nous et sauvez-moi; je suis la plus faible.

LÉONIN.--J'ai juré de vous immoler.

(Surviennent des pirates pendant que Marina se débat.)

PREMIER PIRATE.--Arrête, coquin!

(Léonin s'enfuit.)

SECOND PIRATE.--Une prise, une prise!

TROISIÈME PIRATE.--Chacun sa part, camarades; partageons. Portons-la à bord sans tarder.

(Les pirates emmènent Marina.)

SCÈNE II

Même lieu.
LÉONIN *rentre*.

LÉONIN.--Ces bandits servent sous le grand pirate Valdès, et ils se sont emparés de Marina. Laissons-la aller. Il n'y a pas d'apparence qu'elle revienne. Je jurerai qu'elle est tuée et précipitée dans la mer.--Mais voyons encore un peu: peut-être ils se contenteront de satisfaire leur brutalité sur elle, sans l'emmener. S'ils la laissent après l'avoir outragée, il faut que je la tue.

(Il sort.)

SCÈNE III

Mitylène.--Appartement dans un mauvais lieu.
Entrent le MAITRE DE LA MAISON[4], *sa* FEMME *et* BOULT.

Note 4: Le maître de la maison, en anglais *pander*, et la femme *bawd*.

LE MAITRE DE LA MAISON.--Boult!

BOULT.--Monsieur.

LE MAITRE.--Cherche avec soin dans le marché; Mitylène est plein de galants: nous avons perdu trop d'argent, l'autre foire, pour avoir manqué de filles.

LA FEMME.--Nous n'avons jamais été aussi mal montés: nous n'avons que trois pauvres diablesses, elles ne peuvent que ce qu'elles peuvent; et, à force de servir, elles tombent en pourriture, ou peu s'en faut.

LE MAITRE.--Il nous en faut donc de fraîches, coûte que coûte. Il faut avoir de la conscience dans tous les états, sans quoi on ne prospère pas.

LA FEMME.--Tu dis vrai: il ne suffit pas d'élever de pauvres bâtardes; et j'en ai élevé, je crois, jusqu'à onze....

BOULT.--Oui, jusqu'à onze ans, et pour les abaisser après; mais j'irai chercher au marché.

LA FEMME.--Sans doute, mon garçon; la cochonnerie que nous avons tombera en pièces au premier coup de vent; elles sont trop cuites que cela fait pitié.

LE MAITRE.--Tu dis vrai; en conscience elles sont trop malsaines. Le pauvre Transylvanien est mort pour avoir couché avec la petite drôlesse.

BOULT.--Comme elle l'a vite expédié; elle en a fait du rôti pour les vers!--Mais je vais au marché.

(Boult sort.)

LE MAITRE.--Trois ou quatre mille sequins seraient un assez joli fonds pour vivre tranquilles et abandonner le commerce.

LA FEMME.--Pourquoi abandonner le commerce, je vous prie? Est-il honteux de gagner de l'argent quand on se fait vieux?

LE MAITRE.--Oh! le renom ne va pas de pair avec les profits, ni les profits avec le danger. Ainsi donc, si dans notre jeunesse nous avons pu nous acquérir une jolie petite fortune, il ne serait pas mal de fermer notre porte. D'ailleurs, nous sommes dans de tristes termes avec les dieux, et cela devrait être une raison pour nous d'abandonner le commerce.

LA FEMME.--Allons, dans d'autres métiers on les offense aussi bien que dans le nôtre.

LE MAITRE.--Aussi bien que dans le nôtre, oui, et mieux encore: mais la nature de nos offenses est pire; et notre profession n'est pas un métier ni un état. Mais voici Boult.

(Les pirates entrent avec Boult et entraînent Marina.)

BOULT, *à Marina*.--Ici.--(*A Marina*.) Venez par ici.--Messieurs, vous dites qu'elle est vierge?

PREMIER PIRATE.--Nous n'en doutons pas.

BOULT.--Maître, j'ai avancé un haut prix pour ce morceau; voyez: si elle vous convient, cela va bien.--Sinon, j'ai perdu mes arrhes.

LA FEMME.--Boult, a-t-elle quelques qualités?

BOULT.--Elle a une jolie figure; elle parle bien, a de belles robes: quelles qualités voulez-vous de plus?

LA FEMME.--Quel prix en veut-on?

BOULT.--Je n'ai pas pu l'avoir à moins de mille pièces d'or.

LE MAÎTRE.--Très-bien. Suivez-moi, mes maîtres; vous allez avoir votre argent sur l'heure. Femme, reçois-la; instruis-la de ce qu'elle a à faire, afin qu'elle ne soit pas trop novice.

(Le maître sort avec les pirates.)

LA FEMME.--Boult, prends son signalement, la couleur de ses cheveux, son teint, sa taille, son âge et l'attestation de sa virginité; puis crie: *Celui qui en donnera le plus l'aura le premier*. Un tel pucelage ne serait pas bon marché, si les hommes étaient encore ce qu'ils furent. Allons, obéis à mes ordres.

BOULT.--Je vais m'en acquitter. (Boult sort.)

MARINA.--Hélas! pourquoi Léonin a-t-il été si mou, si lent? Il aurait dû frapper et non parler. Pourquoi ces pirates n'ont-ils pas été assez barbares pour me réunir à ma mère, en me précipitant sous les flots?

LA FEMME.--Pourquoi vous lamentez-vous, ma belle?

MARINA.--Parce que je suis belle.

LA FEMME.--Allons, les dieux se sont occupés de vous.

MARINA.--Je ne les accuse point.

LA FEMME.--Vous êtes tombée entre mes mains, et vous avez chance d'y vivre.

MARINA.--J'ai eu d'autant plus tort d'échapper à celles qui m'auraient tuée!

LA FEMME.--Et vous vivrez dans le plaisir.

MARINA.--Non.

LA FEMME.--Oui, vous vivrez dans le plaisir, et vous goûterez toutes sortes de messieurs; vous ferez bonne chère; vous apprendrez la différence de tous les tempéraments. Quoi! vous vous bouchez les oreilles!

MARINA.--Êtes-vous une femme?

LA FEMME.--Que voulez-vous que je sois, si je ne suis une femme?

MARINA.--Une femme honnête, ou pas une femme.

LA FEMME.--Malepeste! ma petite chatte, j'aurai à faire avec vous, je pense. Allons, vous êtes une petite folle; il faut vous parler avec des révérences.

MARINA.--Que les dieux me défendent!

LA FEMME.--S'il plaît aux dieux de vous défendre par les hommes,--ils vous consoleront, ils vous entretiendront, ils vous réveilleront.--Voilà Boult de retour. (*Entre Boult.*) Eh bien! l'as-tu criée dans le marché?

BOULT.--Je l'ai criée sans oublier un de ses cheveux; j'ai fait son portrait avec ma voix.

LA FEMME.--Et dis-moi, comment as-tu trouvé les gens disposés, surtout la jeunesse?

BOULT.--Ma foi, ils m'ont écouté comme ils écouteraient le testament de leur père. Il y a eu un Espagnol à qui l'eau en est tellement venue à la bouche, qu'il a été se mettre au lit rien que pour avoir entendu faire son portrait.

LA FEMME.--Nous l'aurons demain ici avec sa plus belle manchette.

BOULT.--Cette nuit, cette nuit! Mais, notre maîtresse, connaissez-vous le chevalier français qui fait de si profondes révérences?

LA FEMME.--Qui! monsieur Véroles?

BOULT.--Oui, il voulait faire un salut à la proclamation; mais il a poussé un soupir et juré qu'il viendrait demain.

LA FEMME.--Bien, bien: quant à lui il a apporté sa maladie avec lui; il ne fait ici que l'entretenir. Je sais qu'il viendra à l'ombre de la maison pour étaler ses *couronnes* au soleil.

BOULT.--Si nous avions un voyageur de chaque nation, nous les logerions tous avec une telle enseigne.

LA FEMME.--Je vous prie, venez un peu ici. Vous êtes dans le chemin de la fortune; écoutez-moi. Il faut avoir l'air de faire à regret ce que vous ferez avec plaisir, et de mépriser le profit quand vous gagnerez le plus. Pleurez votre genre de vie, cela inspire de la pitié à vos amants: cette pitié vous vaut leur bonne opinion, et cette bonne opinion est un profit tout clair.

MARINA.--Je ne vous comprends pas.

BOULT.--Emmenez-la, maîtresse, emmenez-la; cette pudeur s'en ira avec l'usage.

LA FEMME.--Tu dis vrai, ma foi, cela viendra; la fiancée elle-même ne se prête qu'avec honte à ce qu'il est de son devoir de faire.

BOULT.--Oui, les unes sont d'une façon et les autres d'une autre. Mais dites donc, maîtresse, puisque j'ai procuré le morceau....

LA FEMME.--Tu voudrais en couper ta part sur la broche.

BOULT.--Peut-être bien.

LA FEMME.--Et qui donc te le refuserait? Allons, jeunesse, j'aime la forme de vos vêtements.

BOULT.--Oui, ma foi, il n'y a pas encore besoin de les changer.

LA FEMME.--Boult, va courir la ville; raconte quelle nouvelle débarquée nous avons; tu n'y perdras rien. Quand la nature créa ce morceau, elle te voulut du bien. Va donc dire quelle merveille c'est, et tu auras le prix de tes avis.

BOULT.--Je vous garantis, maîtresse, que le tonnerre réveille moins les anguilles[5] que ma description de cette beauté ne remuera les libertins. Je vous en amènerai quelques-uns cette nuit.

Note 5: On suppose que le tonnerre ne produit pas d'effet sur le poisson en général, mais sur les anguilles qu'il fait sortir de la bourbe et qu'on prend alors plus aisément.

LA FEMME.--Venez par ici, suivez-moi.

MARINA.--Si le feu brûle, si les couteaux tuent, si les eaux sont profondes, ma ceinture virginale ne sera pas dénouée. Diane, à mon secours!

LA FEMME.--Qu'avons-nous à faire de Diane? Allons, venez-vous?

(Ils sortent.)

SCÈNE IV

Tharse.--Appartement dans le palais de Cléon.

Entre CLÉON *avec* DIONYSA.

DIONYSA.--Quoi? êtes-vous insensé; n'est-ce pas une chose faite?

CLÉON.--Dionysa, jamais les astres n'ont été témoins d'un meurtre semblable.

DIONYSA.--Allez-vous retomber dans l'enfance?

CLÉON.--Je serais le souverain de tout l'univers que je le donnerais pour que ce crime n'eût pas été commis. O jeune princesse, moins grande par la naissance que par la vertu, il n'était pas de couronne qui ne fût digne de toi! O lâche Léonin, que tu as aussi empoisonné! Si tu avais avalé pour lui le poison, c'eût été un exploit comparable aux autres. Que diras-tu quand le noble Périclès réclamera sa fille?

DIONYSA.--Qu'elle est morte. Les destins n'avaient pas juré de la conserver: elle est morte la nuit. Je le dirai; qui me contredira? à moins que vous n'ayez la simplicité de me trahir, et, pour mériter un titre de vertu, de crier: Elle a été égorgée.

CLÉON.--O malheureuse! de tous les crimes, c'est celui que les dieux abhorrent le plus.

DIONYSA.--Croyez-vous que les petits oiseaux de Tharse vont voler ici et tout découvrir à Périclès? J'ai honte de penser à la noblesse de votre race et à la timidité de votre coeur.

CLÉON.--Celui qui approuva jamais de telles actions, même sans y avoir consenti, ne fut jamais d'un noble sang.

DIONYSA.--Ah! bien, soit.--Mais personne, excepté vous, ne sait comment elle est morte; personne ne le saura, Léonin ayant cessé de vivre. Elle dédaignait ma fille; elle était un obstacle à son bonheur. Nul ne la regardait; tous les yeux étaient fixés sur Marina, tandis que notre enfant était négligée comme une pauvre fille qui ne valait pas la peine d'un *bonjour*. Cela me perçait le coeur; et quoique vous traitiez mon action de dénaturée, vous qui n'aimez pas votre enfant, moi je la crois bonne et généreuse, et un sacrifice fait à notre fille unique.

CLÉON.--Que les dieux vous pardonnent!

DIONYSA.--Et quant à Périclès, que pourra-t-il dire? nous avons pleuré à ses funérailles, et nous portons encore le deuil. Son monument est presque fini, et ses épitaphes en lettres d'or attestent son grand mérite, et notre douleur à nous, qui l'avons fait ensevelir, à nos frais.

CLÉON.--Tu es comme la Harpie qui, pour trahir, porte un visage d'ange, et saisit sa proie avec des serres de faucon.

DIONYSA.--Vous êtes un de ces hommes superstitieux qui jurent aux dieux que l'hiver tue les mouches; mais je sais que vous suivrez mes conseils.

(Ils sortent.)

(Entre Gower. Il est devant le monument de Marina, à Tharse.)

GOWER.--C'est ainsi que nous abrégeons le temps et les distances; n'ayant qu'à désirer pour vouloir, traversant les mers, et voyageant avec l'aide de votre imagination de contrée en contrée et d'un bout du monde à l'autre. Grâce à votre indulgence, on ne nous blâme point de nous servir d'un seul langage dans les divers climats où nous transportent nos scènes. Je vous supplie de m'écouter pour que je supplée aux lacunes de notre histoire. Périclès est maintenant sur les flots inconstants (suivi de maints seigneurs et chevaliers). Il va voir sa fille, charme de sa vie. Le vieil Escanès, qu'Hélicanus a fait monter dernièrement à un poste éminent, est resté à Tyr pour gouverner. Souvenez-vous qu'Hélicanus suit son prince. D'agiles vaisseaux et des vents favorables ont amené le roi Périclès à Tharse. Imaginez-vous que la pensée est son pilote, et son voyage sera aussi rapide qu'elle. Périclès va chercher sa fille qu'il a laissée aux soins de Cléon. Voyez-les se mouvoir comme des ombres. Je vais satisfaire en même temps vos oreilles et vos yeux.--*(Scène muette.)--Périclès entre par une porte avec sa suite; Cléon et Dionysa par une autre. Cléon montre à Périclès le tombeau de Marina, tandis que Périclès se lamente, se revêt d'une haire et part dans la plus grande colère. Cléon et Dionysa se retirent.)--*Voyez comme la crédulité souffre d'une lugubre apparence! cette colère empruntée remplace les pleurs qu'on eût versés dans le bon vieux temps[6]; et Périclès, dévoré de chagrin, sanglotant et baigné de larmes, quitte Tharse et s'embarque. Il jure de ne plus laver son visage, ni couper ses cheveux; il se revêt d'une haire et se confie à la mer. Il brave une tempête qui brise à demi son vaisseau mortel[7], et cependant il poursuit sa route.--Maintenant voulez-vous connaître cette épitaphe, c'est celle de Marina faite par la perfide Dionysa:

(Gower lit l'inscription gravée sur le tombeau de Marina.)

«Ci-gît la plus belle, la plus douce et la meilleure des femmes, qui se flétrit dans le printemps de ses jours; elle était la fille du roi de Tyr, celle que la mort a si cruellement immolée; elle portait le nom de Marina. Fière de sa naissance, Thétis engloutit une partie de la terre; voilà pourquoi la terre, craignant d'être submergée, a donné aux cieux celle qui naquit dans le sein de Thétis; voilà pourquoi (et elle ne cessera jamais) Thétis fait la guerre aux rivages de la terre.»

Note 6: Dans l'enfance du monde, la dissimulation n'existait pas; les poëtes ont tous cru à un âge d'or.

Note 7: Son corps, que dans une autre pièce Shakspeare appelle aussi la maison mortelle (de l'âme).

Aucun masque ne convient à la noire scélératesse comme la douce et tendre flatterie. Laissez Périclès, voyant que sa fille n'est plus, poursuivre ses voyages au gré de la fortune, pendant que notre théâtre vous représente le malheur de sa fille dans le séjour profane où elle est renfermée. Patience donc, et figurez-vous tous maintenant que vous êtes à Mitylène.

(Il sort.)

SCÈNE V

Mitylène.--Une rue devant le mauvais lieu.

DEUX JEUNES GENS *de Mitylène sortent de la maison.*

PREMIER JEUNE HOMME.--Avez-vous jamais entendu pareille chose?

SECOND JEUNE HOMME.--Non, et jamais on n'entendra pareille chose en pareil lieu, quand elle n'y sera plus.

PREMIER JEUNE HOMME.--Mais se voir prêcher là! Avez-vous jamais rêvé une telle chose?

SECOND JEUNE HOMME.--Non, non. Viens, je renonce aux mauvais lieux. Irons-nous entendre les vestales?

PREMIER JEUNE HOMME.--Je ferai toute chose louable; je suis sorti pour toujours du chemin du vice.

(Ils sortent.)

SCÈNE VI

Mitylène.--Un appartement dans le mauvais lieu.

Entrent le MAITRE DE LA MAISON, sa FEMME et BOULT.

LE MAITRE.--Ma foi, je donnerais deux fois ce qu'elle m'a coûté pour qu'elle n'eût jamais mis les pieds ici.

LA FEMME.--Fi d'elle! elle est capable de glacer le dieu Priape, et de perdre toute une génération; il nous faut la faire violer ou nous en défaire. Quand le moment vient de rendre ses devoirs aux clients et de faire les honneurs de la maison, elle a ses caprices, ses raisons, ses maîtresses raisons, ses prières, ses génuflexions, si bien qu'elle rendrait le diable puritain s'il lui marchandait un baiser.

BOULT.--Il faut que je m'en charge, ou elle dégarnira la maison de tous nos cavaliers et fera des prêtres de tous nos amateurs de juron.

LE MAITRE.--Que la maladie emporte ses scrupules!

LA FEMME.--Ma foi, il n'y a que la maladie qui puisse nous tirer de là. Voici le seigneur Lysimaque déguisé.

BOULT.--Nous aurions le maître et le valet, si la hargneuse petite voulait seulement faire bonne mine aux pratiques.

(Entre Lysimaque.)

LYSIMAQUE.--Comment donc? Combien la douzaine de virginités?

LA FEMME.--Que les dieux bénissent Votre Seigneurie!

BOULT.--Je suis charmé de voir Votre Seigneurie en bonne santé.

LYSIMAQUE.--Allons, il est heureux pour vous que vos pratiques se tiennent bien sur leurs jambes. Eh bien! sac d'iniquités, avez-vous quelque chose que l'on puisse manier à la barbe du chirurgien?

LA FEMME.--Nous en avons une ici, seigneur, si elle voulait... Mais il n'est jamais venu sa pareille à Mitylène.

LYSIMAQUE.--Si elle voulait faire l'oeuvre des ténèbres, voulez-vous dire?...

LA FEMME.--Votre Seigneurie comprend ce que je veux dire.

LYSIMAQUE.--Fort bien; appelez, appelez.

BOULT.--Vous allez voir une rose.--Ce serait une rose, en effet, si elle avait seulement...

LYSIMAQUE.--Quoi, je te prie?

BOULT.--O seigneur! je sais être modeste.

LYSIMAQUE.--Cela ne relève pas moins le renom d'un homme de ton métier que cela ne donne à tant d'autres la bonne réputation d'être chastes.

(Entre Marina.)

LA FEMME.--Voici la rose sur sa tige, et pas encore cueillie, je vous assure; n'est-elle pas jolie?

LYSIMAQUE.--Ma foi, elle servirait après un long voyage sur mer.--Fort bien. Voilà pour vous. Laissez-nous.

LA FEMME.--Permettez-moi, seigneur, de lui dire un seul mot, et j'ai fait.

LYSIMAQUE.--Allons, dites.

LA FEMME, *à Marina qu'elle prend à part.*--D'abord je vous prie de remarquer que c'est un homme honorable.

MARINA.--Je désire le trouver tel, pour pouvoir en faire cas.

LA FEMME.--Ensuite c'est le gouverneur de la province, et un homme à qui je dois beaucoup.

MARINA.--S'il est gouverneur de la province, vous lui devez beaucoup en effet; mais en quoi cela le rend honorable, c'est ce que je ne sais pas.

LA FEMME.--Dites-moi, je vous prie, le traiterez-vous bien sans faire aucune de vos grimaces virginales? Il remplira d'or votre tablier.

MARINA.--S'il est généreux, je serai reconnaissante.

LYSIMAQUE.--Avez-vous fini?

LA FEMME.--Seigneur, elle n'est pas encore au pas; vous aurez de la peine à la dresser à votre goût.--Allons, laissons-la seule avec Sa Seigneurie.

(Le maître de la maison, la femme et Boult sortent.)

LYSIMAQUE.--Allez.--Maintenant, ma petite, y a-t-il longtemps que vous faites cet état?

MARINA.--Quel état, seigneur?

LYSIMAQUE.--Un état que je ne puis nommer sans offense.

MARINA.--Je ne puis être offensée par le nom de mon état. Veuillez le nommer.

LYSIMAQUE.--Y a-t-il longtemps que vous exercez votre profession?

MARINA.--Depuis que je m'en souviens.

LYSIMAQUE.--L'avez-vous commencée si jeune? Êtes-vous devenue libertine à cinq ans ou à sept?

MARINA.--Plus jeune encore, si je le suis aujourd'hui.

LYSIMAQUE.--Quoi donc! la maison où je vous trouve annonce que vous êtes une créature.

MARINA.--Vous savez que cette maison est un lieu de ce genre et vous y venez? On me dit que vous êtes un homme d'honneur et le gouverneur de la ville.

LYSIMAQUE.--Quoi! votre principale vous a appris qui j'étais!

MARINA.--Qui est ma principale?

LYSIMAQUE.--C'est votre herbière, celle qui sème la honte et l'iniquité. Oh! vous avez entendu parler de ma puissance, et vous prétendez à un hommage plus sérieux? Mais je te proteste, ma petite, que mon autorité ne te verra pas, ou ne te regardera pas du moins favorablement. Allons, mène-moi quelque part.--Allons, allons.

MARINA.--Si vous êtes homme d'honneur, c'est à présent qu'il faut le montrer. Si ce n'est qu'une réputation qu'on vous a faite, méritez-la.

LYSIMAQUE.--Oui-dà!--Encore un peu; continuez votre morale.

MARINA.--Malheureuse que je suis!... Quoique vertueuse, la fortune cruelle m'a jetée dans cet infâme lieu, où je vois vendre la maladie plus cher que la guérison.--Ah! si les dieux voulaient me délivrer de cette maison impie, je consentirais à être changée par eux en l'oiseau le plus humble de ceux qui fendent l'air pur.

LYSIMAQUE.--Je ne pensais pas que tu aurais parlé si bien, je ne t'en aurais jamais crue capable. Si j'avais porté ici une âme corrompue, ton discours m'eût converti. Voilà de l'or pour toi, persévère dans la bonne voie, et que les dieux te donnent la force.

MARINA.--Que les dieux vous protègent!

LYSIMAQUE.--Ne crois pas que je sois venu avec de mauvaises intentions. Les portes et les croisées de cette maison me sont odieuses. Adieu, tu es un modèle de vertu, et je ne doute pas que tu n'aies reçu une noble éducation.-- Arrête, voici encore de l'or.--Qu'il soit maudit, qu'il meure comme un voleur celui qui te ravira ta vertu. Si tu entends parler de moi, ce sera pour ton bien.

(Au moment où Lysimaque tire sa bourse, Boult entre.)

BOULT.--Je vous prie, seigneur, de me donner la pièce.

LYSIMAQUE.--Loin d'ici, misérable geôlier! Votre maison, sans cette vierge qui la soutient, tomberait et vous écraserait tous. Va-t'en!

(Lysimaque sort.)

BOULT.--Qu'est-ce que ceci? Il faut changer de méthode avec vous. Si votre prude chasteté, qui ne vaut pas le déjeuner d'un pauvre, ruine tout un ménage, je veux qu'on fasse de moi un épagneul. Venez.

MARINA.--Que voulez-vous de moi?

BOULT.--Faire de vous une femme, ou en charger le bourreau. Venez, nous ne voulons plus qu'on renvoie d'autres seigneurs; venez, vous dis-je.

(La femme rentre.)

LA FEMME.--Comment? de quoi s'agit-il?

BOULT.--De pire en pire, notre maîtresse: elle a fait un sermon au seigneur Lysimaque.

LA FEMME.--O abomination!

BOULT.--Elle fait cas de notre profession comme d'un fumier.

LA FEMME.--Malepeste! qu'elle aille se faire pendre.

BOULT.--Le gouverneur en aurait agi avec elle comme un gouverneur; elle l'a renvoyé aussi froid qu'une boule de neige et disant ses prières.

LA FEMME.--Boult, emmène-la; fais-en ce qu'il te plaira; brise le cristal de sa virginité, et rends le reste malléable.

BOULT.--Elle serait un terrain plus épineux qu'elle n'est, qu'elle serait labourée je vous le promets.

MARINA.--Dieux, à mon secours!

LA FEMME.--Elle conjure, emmène-la. Plût à Dieu qu'elle n'eût jamais mis le pied dans ma maison. Au diable! elle est née pour être notre ruine. Ne voulez-vous pas faire comme les femmes? Malepeste! madame la précieuse!

(La femme sort.)

BOULT.--Venez, madame, venez avec moi.

MARINA.--Que me voulez-vous?

BOULT.--Vous prendre le bijou qui vous est si précieux.

MARINA.--Je t'en prie, dis-moi une chose d'abord.

BOULT.--Allons, voyons, je vous écoute.

MARINA.--Que désirerais-tu que fût ton ennemi?

BOULT.--Je désirerais qu'il fût mon maître, ou plutôt ma maîtresse.

MARINA.--Ni l'un ni l'autre ne sont aussi méchants que toi, car leur supériorité les rend meilleurs que tu n'es. Tu remplis une place si honteuse, que le démon le plus tourmenté de l'enfer ne la changerait pas pour la sienne. Tu es le portier maudit de chaque ivrogne qui vient ici chercher une créature. Ton visage est soumis au poing de chaque coquin de mauvaise humeur. La nourriture qu'on te sert est le reste de bouches infectées.

BOULT.--Que voudriez-vous que je fisse?--Que j'aille à la guerre où un homme servira sept ans, perdra une jambe et n'aura pas assez d'argent pour en acheter une de bois!

MARINA.--Fais tout autre chose que ce que tu fais. Va vider les égouts, servir de second au bourreau; tous les métiers valent mieux que le tien. Un singe, s'il pouvait parler, refuserait de le faire. Ah! si les dieux daignaient me délivrer de cette maison!--Tiens, voilà de l'or, si ta maîtresse veut en gagner par moi, publie que je sais chanter et danser, broder, coudre, sans parler d'autres talents dont je ne veux pas tirer vanité. Je donnerai des leçons de toutes ces choses; je ne doute pas que cette ville populeuse ne me fournisse des écolières.

BOULT.--Mais pouvez-vous enseigner tout ce que vous dites?

MARINA.--Si je ne le puis, ramène-moi ici et prostitue-moi au dernier valet qui fréquente cette maison.

BOULT.--Fort bien, je verrai ce que je puis pour toi; si je puis te placer, je le ferai.

MARINA.--Mais sera-ce chez d'honnêtes femmes?

BOULT.--Ma foi, j'ai peu de connaissances parmi celles-là! mais puisque mon maître et ma maîtresse vous ont achetée, il ne faut pas songer à s'en aller sans leur consentement: je les informerai donc de votre projet, et je ne doute pas de les trouver assez traitables. Venez, je ferai pour vous ce que je pourrai.--Venez.

(Ils sortent.)

FIN DU QUATRIÈME ACTE.

ACTE CINQUIÈME

Entre GOWER.

GOWER.--Marina échappe donc au mauvais lieu, et tombe, dit notre histoire, dans une maison honnête. Elle chante comme une immortelle et danse comme une déesse au son de ses chants admirés. Elle rend muets de grands clercs, et imite avec son aiguille les ouvrages de la nature, fleur, oiseau, branche ou fruit. Son art le dispute aux roses naturelles, la laine filée et la soie forment sous sa main des cerises couleur de vermillon; elle a des élèves du plus haut rang qui lui prodiguent des largesses; elle remet le prix de son travail à la maudite entremetteuse. Laissons-la et retournons auprès de son père sur la mer où nous l'avons laissé. Chassé par les vents, il arrive où habite sa fille: supposez-le à l'ancre sur cette côte. La ville se préparait à célébrer la fête annuelle du dieu Neptune. Lysimaque aperçoit notre vaisseau tyrien et ses riches pavillons noirs; il se hâte de diriger sa barque vers lui. Que votre imagination soit encore une fois le guide de vos yeux, figurez-vous que c'est ici le navire du triste Périclès où l'on va essayer de vous découvrir ce qui se passe. Veuillez bien vous asseoir et écouter.

(Il sort.)

SCÈNE I

A bord du vaisseau de Périclès, dans la rade de Mitylène. Une tente sur le pont avec un rideau.--On y voit Périclès sur une couche. Une barque est attachée au vaisseau tyrien.

Entrent DEUX MATELOTS *dont l'un appartient au vaisseau tyrien et l'autre à la barque;* HÉLICANUS.

LE MATELOT TYRIEN, *à celui de Mitylène.*--Où est le seigneur Hélicanus?--Il pourra vous répondre.--Ah! le voici.--Seigneur, voici une barque venue de Mitylène dans laquelle est Lysimaque, le gouverneur, qui demande à se rendre à bord. Quels sont vos ordres?

HÉLICANUS.--Qu'il vienne puisqu'il le désire. Appelle quelques nobles Tyriens.

LE MATELOT TYRIEN.--Holà! seigneurs! le seigneur Hélicanus vous appelle.

(Entrent deux seigneurs tyriens.)

LE PREMIER SEIGNEUR.--Votre Seigneurie appelle?

HÉLICANUS.--Seigneurs, quelqu'un de marque va venir à bord, je vous prie de le bien accueillir.

(Les seigneurs et les deux matelots descendent à bord de la barque, d'où sortent Lysimaque avec les seigneurs de sa suite, ceux de Tyr et les deux matelots.)

LE MATELOT TYRIEN.--Seigneur, voilà celui qui peut vous répondre sur tout ce que vous désirerez.

LYSIMAQUE.--Salut, respectable seigneur! que les dieux vous protègent.

HÉLICANUS.--Puissiez-vous dépasser l'âge où vous me voyez et mourir comme je mourrai.

LYSIMAQUE.--Je vous remercie d'un tel souhait.--Étant sur le rivage à célébrer la gloire de Neptune, j'ai vu ce noble vaisseau et je suis venu pour savoir d'où vous venez.

HÉLICANUS.--D'abord, seigneur, quel est votre emploi?

LYSIMAQUE.--Je suis le gouverneur de cette ville.

HÉLICANUS.--Seigneur, notre vaisseau est de Tyr. Il porte le roi qui, depuis trois mois, n'a parlé à personne et n'a pris que la nourriture nécessaire pour entretenir sa douleur.

LYSIMAQUE.--Quel est le malheur qui l'afflige?

HÉLICANUS.--Seigneur, il serait trop long de le raconter; mais le motif principal de ses chagrins vient de la perte d'une fille et d'une épouse chéries.

LYSIMAQUE.--Ne pourrons-nous donc pas le voir?

HÉLICANUS.--Vous le pouvez, seigneur; mais ce sera inutile; il ne veut parler à personne.

LYSIMAQUE.--Cependant cédez à mon désir.

HÉLICANUS, *tirant le rideau*.--Voyez-le, seigneur.--Ce fut un prince accompli jusqu'à la nuit fatale qui attira sur lui cette infortune.

LYSIMAQUE.--Salut, sire, que les dieux vous conservent! salut, royale majesté.

HÉLICANUS.--C'est en vain, il ne vous parlera pas.

PREMIER SEIGNEUR DE MITYLÈNE.--Seigneur, nous avons à Mitylène une jeune fille qui, je gage, le ferait parler.

LYSIMAQUE.--Bonne pensée! sans questions, par le doux son de sa voix et d'autres séductions, elle attaquerait le sens de l'ouïe assoupi à demi chez lui. La plus heureuse, comme elle est la plus belle, elle est avec ses compagnes dans le bosquet situé près du rivage de l'île.

(Lysimaque dit deux mots à l'oreille d'un des seigneurs de la suite qui sort avec la barque.)

HÉLICANUS.--Certainement tout sera sans effet, mais nous ne rejetterons rien de ce qui porte le nom de guérison.--En attendant, puisque nous avons fait jusqu'ici usage de votre bonté, permettez-nous de vous demander encore de faire ici nos provisions avec notre or qui, loin de nous manquer, nous fatigue par sa vétusté.

LYSIMAQUE.--Seigneur, c'est une courtoisie que nous ne pouvons vous refuser sans que les dieux justes ne nous envoient une chenille pour chaque bourgeon afin d'en punir notre province; mais, encore une fois, je vous prie de me faire connaître en détail la cause de la douleur de votre roi.

HÉLICANUS.--Seigneur, seigneur, je vais vous l'apprendre.--Mais, voyez, je suis prévenu.

(La barque de Lysimaque avance. On voit passer sur le vaisseau tyrien, un seigneur de Mitylène, Marina et une jeune dame.)

LYSIMAQUE.--Oh! voici la dame que j'ai envoyé chercher. Soyez la bienvenue.--N'est-ce pas une beauté céleste?

HÉLICANUS.--C'est une aimable personne!

LYSIMAQUE.--Elle est telle que, si j'étais sûr qu'elle sortît d'une race noble, je ne voudrais pas choisir d'autre femme et me croirais bien partagé.--Belle étrangère! nous attendons de vous toute votre bienveillance pour un roi malheureux. Si, par un heureux artifice vous pouvez l'amener à nous répondre, pour prix de votre sainte assistance, vous recevrez autant d'or que vous en désirerez.

MARINA.--Seigneur, je mettrai tout en usage pour sa guérison, pourvu qu'on nous laisse seules avec lui, ma compagne et moi.

LYSIMAQUE.--Allons, laissons-la, et que les dieux la fassent réussir. (*Marina chante.*) A-t-il entendu votre mélodie?

MARINA.--Non, et il ne nous a pas regardées.

LYSIMAQUE.--Voyez, elle va lui parler.

MARINA.--Salut, sire. Seigneur, écoutez-moi.

PÉRICLÈS.--Eh! ah!

MARINA.--Je suis une jeune fille, seigneur, qui jamais n'appela les yeux sur elle, mais qui a été regardée comme une comète. Celle qui vous parle, seigneur, a peut-être souffert des douleurs égales aux vôtres, si on les comparait; quoique la capricieuse fortune ait rendu mon étoile funeste, j'étais née d'ancêtres illustres qui marchaient de pair avec de grands rois; le temps a anéanti ma parenté et m'a livrée esclave au monde et à ses infortunes. (*A part.*) Je cesse; cependant il y a quelque chose qui enflamme mes joues et qui me dit tout bas: Continue, jusqu'à ce qu'il réponde.

PÉRICLÈS.--Ma fortune, ma parenté, illustre parenté, égalant la mienne.--N'est-ce pas ce que vous avez dit?

MARINA.--J'ai dit, seigneur, que si vous connaissiez ma parenté, vous me regarderiez sans courroux.

PÉRICLÈS.--Je le pense.--Je vous prie, tournez encore les yeux vers moi. Vous ressemblez...--Quelle est votre patrie? êtes-vous née sur ce rivage?

MARINA.--Non, ni sur aucun rivage; cependant je suis venue au monde d'après les lois de la nature, et ne suis pas autre que je parais.

PÉRICLÈS.--Je suis accablé de douleur et j'ai besoin de pleurer. Mon épouse était comme cette jeune fille, et ma fille aurait aussi pu lui ressembler. C'est là le front de ma reine, sa taille mince comme celle du souple roseau, sa voix argentine, ses yeux brillants comme une pierre précieuse et ses douces paupières, sa démarche de Junon, sa voix qui rendait l'oreille affamée de l'entendre.--Où demeurez-vous?

MARINA.--Dans un lieu où je ne suis qu'étrangère: d'ici vous pouvez le voir.

PÉRICLÈS.--Où fûtes-vous élevée, où avez-vous acquis ces grâces dont votre beauté relève encore le prix?

MARINA.--Si je vous racontais mon histoire, elle vous semblerait une fable absurde.

PÉRICLÈS.--Je t'en supplie, parle; le mensonge ne peut sortir de ta bouche; tu parais modeste comme la justice, tu me sembles un palais digne de la royale vérité. Je te croirai, je persuaderai à mes sens tout ce qui paraîtrait impossible, car tu ressembles à celle que j'aimai jadis. Quels furent tes amis? ne disais-tu pas, quand j'ai voulu te repousser (au moment où je t'ai aperçue), que tu avais une illustre origine?

MARINA.--Oui, je l'ai dit.

PÉRICLÈS.--Eh bien! quelle est ta famille? Je crois que tu as dit aussi que tu avais souffert de nombreux outrages, et que tes malheurs seraient égaux aux miens s'ils étaient connus et comparés.

MARINA.--Je l'ai dit, et n'ai rien dit que ma pensée ne m'assure être véridique.

PÉRICLÈS.--Dis ton histoire. Si tu as souffert la nullième partie de mes maux, tu es un homme, et moi j'ai faibli comme une jeune fille: cependant tu ressembles à la Patience contemplant les tombeaux des rois et désarmant le malheur par son sourire. Qui furent tes amis? comment les as-tu perdus? Ton nom, aimable vierge? Fais ton récit; viens t'asseoir à mon côté.

MARINA.--Mon nom est Marina.

PÉRICLÈS.--Oh! je suis raillé, et tu es envoyée par quelque dieu en courroux pour me rendre le jouet des hommes.

MARINA.--Patience, seigneur, ou je me tais.

PÉRICLÈS.--Oui, je serai patient; tu ignores jusqu'à quel point tu m'émeus en t'appelant Marina.

MARINA.--Le nom de Marina me fut donné par un homme puissant, par mon père, par un roi.

PÉRICLÈS.--Quoi! la fille d'un roi?--et ton nom est Marina?

MARINA.--Vous aviez promis de me croire; mais, pour ne plus troubler la paix de votre coeur, je vais m'arrêter ici.

PÉRICLÈS.--Êtes-vous de chair et de sang? votre coeur bat-il? n'êtes-vous pas une fée, une vaine image? Parlez. Où naquîtes-vous? et pourquoi vous appela-t-on Marina?

MARINA.--Je fus appelée Marina parce que je naquis sur la mer.

PÉRICLÈS.--Sur la mer! et ta mère?

MARINA.--Ma mère était la fille d'un roi; elle mourut en me donnant le jour, comme ma bonne nourrice Lychorida me l'a souvent raconté en pleurant.

PÉRICLÈS.--Oh! arrête un moment! voilà le rêve le plus étrange qui ait jamais abusé le sommeil de la douleur. (*A part.*) Ce ne peut être ma fille ensevelie.--Où fûtes-vous élevée? Je vous écoute jusqu'à ce que vous ayez achevé votre récit.

MARINA.--Vous ne pourrez me croire; il vaudrait mieux me taire.

PÉRICLÈS.--Je vous croirai jusqu'au dernier mot. Cependant permettez.--Comment êtes-vous venue ici? Où fûtes-vous élevée?

MARINA.--Le roi mon père me laissa à Tharse. Ce fut là que le cruel Cléon et sa méchante femme voulurent me faire arracher la vie. Le scélérat qu'ils avaient gagné pour ce crime avait déjà tiré son glaive, quand une troupe de pirates survint et me délivra pour me transporter à Mitylène. Mais, seigneur, que me voulez-vous? Pourquoi pleurer? Peut-être me croyez-vous coupable d'imposture. Non, non, je l'assure, je suis la fille du roi Périclès, si le roi Périclès existe.

PÉRICLÈS.--Oh! Hélicanus?

HÉLICANUS.--Mon souverain m'appelle?

PÉRICLÈS.--Tu es un grave et noble conseiller, d'une sagesse à toute épreuve. Dis-moi, si tu le peux, quelle est cette fille, ce qu'elle peut être, elle qui me fait pleurer.

HÉLICANUS.--Je ne sais, seigneur, mais le gouverneur de Mitylène, que voilà, en parle avec éloge.

LYSIMAQUE.--Elle n'a jamais voulu faire connaître sa famille. Quand on la questionnait là-dessus, elle s'asseyait et pleurait.

PÉRICLÈS.--O Hélicanus, frappe-moi; respectable ami, fais-moi une blessure, que j'éprouve une douleur quelconque, de peur que les torrents de joie qui fondent sur moi entraînent tout ce que j'ai de mortel et m'engloutissent. Oh! approche, toi qui rends à la vie celui qui t'engendra; toi, qui naquis sur la mer, qui fus ensevelie à Tharse et retrouvée sur la mer. O Hélicanus, tombe à genoux, remercie les dieux avec une voix aussi forte que celle du tonnerre: voilà Marina. Quel était le nom de ta mère? Dis-moi encore cela, car la vérité ne peut trop être confirmée, quoique aucun doute ne s'élève en moi sur ta véracité.

MARINA.--Mais d'abord, seigneur, quel est votre titre?

PÉRICLÈS.--Je suis Périclès de Tyr: dis-moi seulement (car jusqu'ici tu as été parfaite), dis-moi le nom de ma reine engloutie par les flots, et tu es l'héritière d'un royaume, et tu rends la vie à Périclès ton père.

MARINA.--Suffit-il, pour être votre fille, de dire que le nom de ma mère était Thaïsa? Thaïsa était ma mère, Thaïsa qui mourut en me donnant la naissance.

PÉRICLÈS.--Sois bénie, lève-toi, tu es mon enfant. Donnez-moi d'autres vêtements. Hélicanus, elle n'est pas morte à Tharse (comme l'aurait voulu Cléon); elle te dira tout, lorsque tu te prosterneras à ses pieds, et tu la reconnaîtras pour la princesse elle-même.--Qui est cet homme?

HÉLICANUS.--Seigneur, c'est le gouverneur de Mitylène, qui, informé de vos malheurs, est venu pour vous voir.

PÉRICLÈS.--Je vous embrasse, seigneur.--Donnez-moi mes vêtements, je suis égaré par la joie de la voir. Oh! que les dieux bénissent ma fille. Mais écoutez cette harmonie. O ma Marina, dis à Hélicanus, dis-lui avec détail, car il semble douter; dis-lui comment tu es ma fille.--Mais quelle harmonie!

HÉLICANUS.--Seigneur, je n'entends rien.

PÉRICLÈS.--Rien? C'est l'harmonie des astres. Écoute, Marina.

LYSIMAQUE.--Il serait mal de le contrarier, laisse-le croire.

PÉRICLÈS.--Du merveilleux! n'entendez-vous pas?

LYSIMAQUE.--De la musique; oui, seigneur.

PÉRICLÈS.--Une musique céleste. Elle me force d'être attentif, et un profond sommeil pèse sur mes paupières. Laissez-moi reposer.

(Il dort.)

LYSIMAQUE.--Donnez-lui un coussin. (*On ferme le rideau de la tente de Périclès.*) Laissez-le. Mes amis, si cet événement répond à mes voeux, je me souviendrai de vous.

(Sortent Lysimaque, Hélicanus, Marina et la jeune dame qui l'avait accompagnée.)

SCÈNE II

Même lieu.

PÉRICLÈS *dort sur le tillac*; DIANE *lui apparaît dans un songe.*

DIANE.--Mon temple est à Éphèse, il faut t'y rendre et faire un sacrifice sur mon autel. Là, quand mes ministres seront assemblés devant le peuple, raconte comment tu as perdu ton épouse sur la mer. Pour pleurer tes infortunes et celles de ta fille, raconte fidèlement toute ta vie. Obéis, ou continue à être malheureux. Obéis, tu seras heureux, je l'atteste par mon arc d'argent. Réveille-toi et répète ton songe.

(Diane disparaît.)

PÉRICLÈS.--Céleste Diane, déesse au croissant d'argent, je t'obéirai.-- Hélicanus?

(Entrent Hélicanus, Lysimaque et Marina.)

HÉLICANUS.--Seigneur?

PÉRICLÈS, *à Hélicanus*.--Mon projet était d'aller à Tharse pour y punir Cléon, ce prince inhospitalier, mais j'ai d'abord un autre voyage à faire. Tournez vers Éphèse vos voiles enflées. Plus tard, je vous dirai pourquoi. (*A Lysimaque.*) Nous reposerons-nous, seigneur, sur votre rivage, et vous donnerons-nous de l'or pour les provisions dont nous aurons besoin?

LYSIMAQUE.--De tout mon coeur, seigneur; et quand vous viendrez à terre, j'ai une autre prière à vous faire.

PÉRICLÈS.--Vous obtiendrez même ma fille si vous la demandez, car vous avez été généreux envers elle.

LYSIMAQUE.--Seigneur, appuyez-vous sur mon bras.

PÉRICLÈS.--Viens, ma chère Marina.

(Ils sortent.)

(On voit le temple de Diane à Éphèse. Entre Gower.)

GOWER.--Maintenant le sable de notre horloge est presque écoulé.... Encore un peu et c'est fini. Accordez-moi pour dernière complaisance (et cela m'encouragera), accordez-moi de supposer toutes les fêtes, les banquets, les réjouissances bruyantes que le gouverneur fit à Mitylène pour féliciter le roi. Il était si heureux qu'on lui eût promis de lui donner Marina pour épouse! mais cet hymen ne devait avoir lieu que lorsque Périclès aurait fait le sacrifice ordonné par Diane. Laissez donc le temps s'écouler; on met à la voile au plus vite, et les désirs sont aussitôt satisfaits. Voyez le temple d'Éphèse, notre roi et toute sa suite. C'est à vous que nous devons, et nous en sommes reconnaissants, que Périclès soit arrivé sitôt.

(Gower sort.)

SCÈNE III

Le temple de Diane à Éphèse.--Thaïsa est près de l'autel en qualité de grande prêtresse. Une troupe de vierges. Cérimon et autres habitants d'Éphèse.

Entrent PÉRICLÈS *et sa suite*, LYSIMAQUE, HÉLICANUS, MARINA et UNE DAME.

PÉRICLÈS.--Salut, Diane! pour obéir à tes justes commandements, je me déclare ici le roi de Tyr, qui chassé par la peur, de ma patrie, épousai la belle Thaïsa à Pentapolis. Elle mourut sur mer en mettant au monde une fille appelée Marina, qui porte encore ton costume d'argent, ô déesse! Elle fut élevée à Tharse par Cléon, qui voulut la faire tuer à l'âge de quatorze ans; mais une bonne étoile l'amena à Mitylène. C'est là que la fortune la fit venir à bord de mon navire, où en rappelant le passé elle se fit connaître pour ma fille.

THAISA.--C'est sa voix, ce sont ces traits.... vous êtes, vous êtes....--O roi Périclès!

(Elle s'évanouit.)

PÉRICLÈS.--Que veut dire cette femme...? Elle se meurt: au secours!

CÉRIMON.--Noble seigneur, si vous avez dit la vérité aux pieds des autels de Diane, voilà votre femme.

PÉRICLÈS.--Respectable vieillard, cela ne se peut; je l'ai jetée de mes bras dans la mer.

CÉRIMON.--Sur cette côte même.

PÉRICLÈS.--C'est une vérité.

CÉRIMON.--Regardez cette dame.--Elle n'est mourante que de joie. Un matin d'orage, elle fut jetée sur ce rivage: j'ouvris le cercueil, j'y trouvai de riches joyaux, je lui ai rendu la vie et l'ai placée dans le temple de Diane.

PÉRICLÈS.--Pouvons-nous voir ces joyaux?

CÉRIMON.--Illustre seigneur, ils seront apportés dans ma maison, où je vous invite à venir.... Voyez, Thaïsa revit.

THAISA.--Oh! laissez-moi le regarder. S'il n'est pas mon époux, mon saint ministère ne prêtera point à mes sens une oreille licencieuse. O seigneur, êtes-vous Périclès? Vous parlez comme lui; vous lui ressemblez. N'avez-vous pas cité une tempête, une naissance, une mort?

PÉRICLÈS.--C'est la voix de Thaïsa.

THAISA.--Je suis cette Thaïsa, crue morte et submergée.

PÉRICLÈS.--Immortelle Diane!

THAISA.--Maintenant, je vous reconnais.--Quand nous quittâmes Pentapolis en pleurant, le roi mon père vous donna une bague semblable.

(Elle lui montre une bague.)

PÉRICLÈS.--Oui, oui; je n'en demande pas davantage. O dieux! votre bienfait actuel me fait oublier mes malheurs passés. Je ne me plaindrai pas, si je meurs en touchant ses lèvres.--Oh! viens, et sois ensevelie une seconde fois dans ces bras!

MARINA.--Mon coeur bondit pour s'élancer sur le sein de ma mère.

(Elle se jette aux genoux de Thaïsa.)

PÉRICLÈS.--Regarde celle qui se jette à tes genoux! C'est la chair de ta chair,--Thaïsa, l'enfant que tu portais dans ton sein sur la mer, et que j'appelai Marina; car elle vint au monde sur le vaisseau.

THAISA.--Béni soit mon enfant!

HÉLICANUS.--Salut, ô ma reine!

THAISA.--Je ne vous connais pas.

PÉRICLÈS.--Vous m'avez entendu dire que, lorsque je partis de Tyr, j'y laissai un vieillard pour m'y remplacer. Pouvez-vous vous rappeler son nom? Je vous l'ai dit souvent.

THAISA.--C'est donc Hélicanus?

PÉRICLÈS.--Nouvelle preuve. Embrasse-le, chère Thaïsa; c'est lui. Il me tarde maintenant de savoir comment vous fûtes trouvée et sauvée; quel est celui que je dois remercier, après les dieux, de ce grand miracle?

THAISA.--Le seigneur Cérimon. C'est par lui que les dieux ont manifesté leur puissance; les dieux qui peuvent tout pour vous.

PÉRICLÈS.--Respectable vieillard, les dieux n'ont pas sur la terre de ministre mortel plus semblable à un dieu que vous. Voulez-vous me dire comment cette reine a été rendue à la santé?

CÉRIMON.--Je le ferai, seigneur. Je vous prie de venir d'abord chez moi, où vous sera montré tout ce qu'on a trouvé avec votre épouse; vous saurez comment elle fut placée dans ce temple; enfin, rien ne sera omis.

PÉRICLÈS.--Céleste Diane! je te rends grâces de ta vision, et je t'offrirai mes dons. Thaïsa, ce prince, le fiancé de votre fille, l'épousera à Pentapolis. Maintenant, cet ornement, qui me rend si bizarre, disparaîtra, ma chère Marina; et j'embellirai, pour le jour de tes noces, ce visage, que le rasoir n'a pas touché depuis quatorze ans.

THAISA.--Cérimon a reçu des lettres qui lui annoncent la mort de mon père.

PÉRICLÈS.--Qu'il soit admis parmi les astres! Cependant, ma reine, nous célébrerons leur hyménée, et nous achèverons nos jours dans ce royaume. Notre fille et notre fils régneront à Tyr. Seigneur Cérimon, nous languissons d'entendre ce que nous ignorons encore.--Seigneur, guidez-nous.

(Ils sortent.)

(Entre Gower.)

GOWER.--Vous avez vu, dans Antiochus et sa fille, la récompense d'une passion monstrueuse; dans Périclès, son épouse et sa fille (malgré les injustices de la cruelle fortune), la vertu défendue contre l'adversité, protégée par le ciel, et enfin couronnée par le bonheur. Dans Hélicanus, nous vous avons offert un modèle de véracité et de loyauté; et dans le respectable Cérimon, le mérite qui accompagne toujours la science et la charité. Quant au méchant Cléon et à sa femme, lorsque la renommée eut révélé leur crime et la gloire de Périclès, la ville, dans sa fureur, les brûla avec leur famille dans le palais. Voilà comment les dieux les punirent du meurtre qu'ils avaient voulu commettre. Accordez-nous toujours votre patience, et goûtez de nouveaux plaisirs. Ici finit notre pièce.

(Gower sort.)

FIN DU CINQUIÈME ET DERNIER ACTE.

Milton Keynes UK
Ingram Content Group UK Ltd.
UKHW011104080324
439029UK00005B/444